Le fils de Nikos Manolas

MICHELLE SMART

Le fils de Nikos Manolas

Traduction française de
FRÉDÉRIQUE LALLEMENT

AZUR

HARLEQUIN

Collection : Azur

Titre original :
THE SECRET BEHIND THE GREEK'S RETURN

HARPERCOLLINS FRANCE
83-85, boulevard Vincent-Auriol, 75646 PARIS CEDEX 13
Service Lectrices — Tél. : 01 45 82 47 47 - www.harlequin.fr
ISBN 978-2-2804-6777-3 — ISSN 0993-4448

Composé et édité par HarperCollins France.
Imprimé en avril 2022 par CPI Black Print (Barcelone)
en utilisant 100% d'électricité renouvelable.
Dépôt légal : mai 2022.

MIXTE
Papier issu de sources responsables
FSC® C159065
FSC www.fsc.org

Pour limiter l'empreinte environnementale de ses livres, HarperCollins France s'engage à n'utiliser que du papier fabriqué à partir de bois provenant de forêts gérées durablement et de manière responsable.

1.

Assis dans sa Porsche à l'ombre des orangers qui bordent la rue de ce quartier huppé de Valence, Nikos Manolas observait le haut mur, le long du trottoir opposé. Dix mètres plus loin, deux gardes étaient en faction de part et d'autre du portail de la propriété.

Il s'apprêtait à repartir avant d'attirer leur attention lorsque les grilles s'ouvrirent. Une Mercedes à la carrosserie blindée sortit. Comme elle passait à sa hauteur, il retint son souffle. Les vitres teintées l'empêchaient cependant de discerner ses occupants. Dans son rétroviseur, il la vit tourner à droite au bout de la rue.

Sans plus attendre, Nikos effectua un demi-tour, puis suivit de loin la voiture. Plus le centre-ville approchait, plus la circulation s'intensifiait. Il n'était pas venu à Valence depuis dix-huit mois. Si les bâtiments les plus anciens étaient d'architecture baroque, les développements modernes y avaient aussi leur place. Alors qu'il dépassait le majestueux Palais des Arts Reina Sofia avec son toit aérodynamique en forme de plume, il se souvint d'une soirée où il avait emmené Marisa assister à une représentation de Tristan et Iseult, opéra qualifié de révolutionnaire, mais qui s'était avéré être une histoire romantique. L'eût-il su, Nikos l'aurait évité. Il appréciait les divertissements à l'image de ses liaisons : endiablés et faciles à oublier.

Il n'en avait cependant eu aucun digne de ces critères

pendant l'année et demie durant laquelle il avait mené une vie d'ermite au fin fond de l'Alaska dans un chalet accessible uniquement par petit avion.

Se réadapter à la vie en société était plus difficile qu'il ne l'avait envisagé. Nikos s'était imaginé revenir à la civilisation avec fracas, se jeter à corps perdu dans les fêtes, son ancien passe-temps favori, mais depuis son retour deux semaines auparavant il s'était découvert réticent à revenir sous les feux des projecteurs. La solitude avait dû devenir sa seconde nature.

Lorsque la Mercedes s'engagea dans la rampe d'accès du parking d'un grand centre commercial, Nikos ressentit un pincement au cœur. C'était l'endroit de prédilection de Marisa pour le shopping. Elle connaissait la disposition des boutiques mieux que lui ne connaissait celle de sa propriété de Mykonos.

Le temps de passer à son tour le guichet d'entrée, il avait perdu de vue la voiture.

C'était aussi bien, songea-t-il. Seul un étrange accès de sentimentalisme l'avait poussé à faire un détour par la résidence des Lopez. Or sa curiosité à suivre une ancienne maîtresse lui avait fait perdre un temps précieux. Mieux valait revenir à son plan initial, rejoindre l'aéroport et reprendre la vie qu'il avait été forcé d'abandonner. Son jet l'attendait pour le ramener chez lui.

Alors qu'il suivait les flèches indiquant la sortie, Nikos aperçut la Mercedes arrêtée dans l'espace réservé aux parents accompagnés de jeunes enfants.

Pourquoi diable Marisa se garait-elle en cet endroit ?

Il engagea la Porsche dans la première place libre, descendit de voiture et observa de loin. Après tout, la passagère était peut-être une amie en visite chez les Lopez.

Il vit alors la tête aux boucles rousses de Marisa s'activer autour du véhicule, sortir une poussette du coffre, y installer un bébé et s'éloigner vers les ascenseurs.

Le sang de Nikos se glaça. Incapable de faire un mouvement, il regarda la maîtresse qu'il avait fuie disparaître dans la cabine avec un bébé dont il ignorait l'existence.

Marisa Lopez contempla son reflet dans le miroir. Sa robe de cocktail noire accentuait la pâleur inhabituelle de son teint et les cernes sous ses yeux. L'ensemble ne donnait franchement pas l'apparence d'une fiancée heureuse. Sa sœur Elsa confirma cette impression en entrant dans la chambre.

— Le classique funéraire l'a emporté sur les frous-frous, à ce que je vois !

— Seule la vanité m'a poussée à rapporter le fourreau aubergine. Sa couleur détonnait avec mes cheveux.

Elsa lui encercla la taille puis posa son menton sur son épaule. Le contraste entre elles n'avait jamais été aussi frappant. Sa sœur irradiait la bonne santé et le bonheur. Son regard cependant était empreint de commisération.

— Tu n'as vraiment pas l'air en forme.

Marisa ne put se résoudre à mentir.

— Je ne peux pas épouser Raul. Tu avais raison l'autre jour, je ne peux pas lui faire confiance. Il n'a aucune envie d'être un père pour Niki, seule notre entreprise l'intéresse.

La relation de Marisa avec Raul était née d'une succession de circonstances tragiques. D'abord son petit ami s'était noyé au cours d'un accident de bateau peu avant qu'elle ne découvre sa grossesse. Ensuite, un cartel avait voulu forcer leur entreprise familiale de transport maritime à participer à son trafic de drogue et, face au refus de ses parents, avait assassiné son père.

Une fois Marco Lopez mort, sa mère anéantie de chagrin,

et sa sœur en Autriche, Marisa désormais à la tête de Lopez Shipping avait éprouvé un besoin désespéré d'aide pour gérer les affaires, affronter ces impitoyables truands, et élever son nouveau-né. Son choix s'était porté sur Raul Torres, un homme qui fréquentait le même milieu qu'elle et possédait une entreprise similaire. Elle lui avait exposé la situation avec franchise, il avait accepté son offre de la soutenir et l'épouser.

Leur entente était donc claire, jusqu'à un mois plus tôt.

En apprenant que les autorités internationales planifiaient l'arrestation de ses membres avec la coopération des Lopez, le cartel avait prévu d'enlever Elsa à Vienne. Fort heureusement, leur équipe de sécurité avait eu vent de leur projet et dépêché Santiago Rodriguez – Santi pour les intimes et un quasi-membre de leur famille – à sa rescousse.

— En fait, reprit Marisa, entre le moment où Santi t'a ramenée saine et sauve, pendant que maman, Niki et moi étions barricadés dans la propriété mourant d'inquiétude, et le démantèlement du cartel quinze jours plus tard, Raul a brillé par son absence. Pas un instant, il n'a offert son aide ni ne s'est soucié de mon fils. C'est impardonnable, j'en suis pleinement consciente à présent, mais j'ignore comment mettre un terme à cette relation.

— Appelle-le, répondit Elsa. Maintenant.

— Tu plaisantes ? À deux heures de notre soirée de fiançailles, ce serait exposer notre famille à des représailles, or nous avons eu notre content d'ennemis.

Marisa ne pensait pas à des représailles physiques, mais elle avait fréquenté Raul suffisamment longtemps pour découvrir ses tendances narcissiques et sa capacité de rancune illimitée. Sa profonde connaissance de Lopez Shipping lui permettrait d'assouvir sa vengeance en les ruinant.

— Ne t'inquiète pas, tu trouveras un moyen de sauvegarder son ego avant d'avoir fixé la date de mariage.

— Tu as raison, me voir ce soir dans cette robe avec cette mine pourrait suffire à lui faire prendre la clé des champs à tout jamais !

— Sans aucun doute ! répliqua gaiement Elsa. Allons-y.

Sa sœur partie l'attendre au rez-de-chaussée, Marisa alla embrasser son fils endormi. Son petit torse se soulevait paisiblement au rythme de sa respiration, son visage angélique était serein. Comment ne pas l'aimer, comment ne pas vouloir le protéger à tout prix ?

En quittant sa chambre, elle adressa une tendre pensée à Nikos, le père de son fils, dont la photo était posée à côté du berceau.

L'amour de sa vie.

Décédé.

Des larmes lui brûlèrent aussitôt les yeux. Le souvenir de Nikos ravivait toujours son chagrin. Marisa avait appris à le dissimuler aux yeux de tous, pourtant sa peine semblait s'accroître au lieu de diminuer au fil du temps.

Elle referma la porte sans bruit et ouvrit celle de la chambre voisine d'où Estrella, la gouvernante des Lopez depuis que sa sœur et elle étaient deux fillettes de quatre et six ans, devait veiller sur Niki jusqu'à son retour. Marisa, qui n'avait encore jamais passé une nuit loin de son fils, et ne l'avait laissé qu'en cas d'absolue nécessité, lui donna ses derniers conseils.

— N'ayez aucune inquiétude, le babyphone est sur volume maximum, j'entends même Niki respirer.

— Vous me promettez de m'appeler en cas de problème ?

— Absolument, mais il n'y en aura pas.

— Je serai de retour au plus tard à 10 heures demain.

— Prenez donc le temps de faire une grasse matinée, pour une fois.

La seule pensée de ne pas assister au réveil de son fils angoissait Marisa, mais il ne s'agissait que d'une nuit. Dès le lendemain matin elle serait auprès de lui et chercherait un moyen de rompre ses fiançailles sans provoquer la vengeance de Raul.

Dans la salle de réception de l'hôtel cinq étoiles du centre de Valence, les deux cents invités bavardaient gaiement. Certains dansaient au son du premier mix d'un DJ célèbre, d'autres profitaient du somptueux buffet ou du champagne qui coulait à flots. Une soirée réussie où tout le monde s'amusait. Tout le monde, sauf Marisa.

Son regard ne cessait de se poser sur Elsa et Santi qui, après s'être enfin avoué leur amour deux jours auparavant, ne se quittaient plus. Marisa les savait faits l'un pour l'autre depuis des années – même si eux semblaient l'avoir à peine découvert – aussi voir leurs sentiments s'épanouir l'attendrissait tout en lui déchirant le cœur.

Elle avait aimé de la sorte, une fois, éperdument.

Étouffant sa douleur, Marisa suivit Raul à travers la salle pour saluer leurs invités. Chaque fois qu'elle jetait un coup d'œil à son téléphone pour vérifier si aucun message d'Estrella n'était arrivé, il la rappelait à l'ordre d'un froncement de sourcil. Cela l'irritait. Comment avait-elle pu penser qu'il ferait un mari correct et un bon père pour son fils ? Elle devait avoir perdu la raison, ou avoir agi sous le coup de la dépression. Oui, c'était cela : la dépression postnatale.

Comme Raul était en grande discussion avec des copains golfeurs, Marisa en profita pour rejoindre ses amies, un groupe de camarades de classe dont elle était restée très proche. Son répit fut de courte durée. Le DJ termina son premier mix, et Raul vint la chercher puis l'entraîna sur l'estrade où il devait prononcer son discours.

Il tapota le micro. Une fois certain d'avoir la totale attention du public, il saisit fermement la main de Marisa. Elle réprima un mouvement de recul à ce simple contact.

— Mesdames et messieurs, merci d'être venus célébrer nos fiançailles en dépit de l'ajournement dû aux récents événements. Cela a été une période très difficile pour ma future épouse et moi-même, au cours de laquelle nous avons apprécié votre soutien.

Quel toupet ! Parler du démantèlement du cartel comme s'il en avait traversé avec elle les heures angoissantes alors qu'il avait lâchement disparu de la circulation… Marisa remâchait sa rancœur tandis que Raul palabrait avec fierté sous les applaudissements, lorsqu'un brusque silence se fit dans la salle.

Tous les yeux étaient braqués sur un homme qui fendait la foule des danseurs immobiles au pied de l'estrade.

Marisa croisa le regard du nouvel arrivant et sentit aussitôt son pouls s'emballer, tandis que des frissons lui parcouraient la peau.

Lui ! C'était impossible !

Certaine d'être victime d'une hallucination, elle s'efforça de prendre une longue inspiration, mais soudain, sa tête se mit à tourner, ses jambes se dérobèrent sous elle et tout devint noir.

Nikos se précipita sur l'estrade, prit le pouls de Marisa devant un Raul inerte, puis la souleva dans ses bras et redescendit les marches.

— Laissez-moi passer, lança-t-il à la cantonade, elle a besoin d'air.

Son apparition avait tellement stupéfié l'assistance que

personne ne songea à l'arrêter. Au contraire, les serveurs en faction devant la porte lui en ouvrirent en grand les deux battants.

— Dois-je faire venir un médecin ? demanda le concierge en se précipitant vers lui.

— Non, c'est inutile, elle est seulement évanouie. Appelez-moi l'ascenseur. Dernier étage.

Une fois dans la cabine, Marisa cilla, ouvrit grand les yeux et les referma aussitôt, paupières fortement serrées comme si elle venait de voir un fantôme.

Le but de Nikos n'avait pas été de l'effrayer, ni même de faire une entrée aussi remarquée dans la salle de réception.

Les deux jours précédents avaient été très occupés. Dès qu'il avait eu confirmation de sa suspicion, à savoir que le bébé de Marisa était de lui, il avait fait une rapide enquête sur Raul Torres auprès de quelques amis fiables. Passée leur stupéfaction en entendant sa voix – et sa promesse de leur expliquer plus tard sa mystérieuse « résurrection » –, chacun lui avait fait part de son sentiment personnel sur l'homme, qui tous se résumaient au mieux à « un être retors, indigne de confiance ».

De ce moment, deux décisions s'étaient imposées. Il ne pouvait plus attendre pour faire sa réapparition officielle et il devait empêcher Marisa de se fiancer. Il avait donc appelé l'hôtel où devait avoir lieu la soirée de fiançailles. Par chance, il restait une chambre libre, la suite penthouse. Étonné que l'heureux couple ne l'ait pas réservée, il l'avait prise. À vrai dire, après ce qu'il avait appris sur Raul Torres, il doutait que Marisa soit heureuse avec lui.

Une fois dans ladite suite, Nikos étendit le corps inerte de Marisa sur le canapé. Il prit alors le temps de la regarder de près pour la première fois depuis dix-huit mois.

Pourquoi diable avait-elle mis une robe aussi terne pour se fiancer ? La Marisa qu'il connaissait adorait la mode.

Et le maquillage ! Il avait beau lui dire qu'il la trouvait belle au naturel, elle éprouvait le besoin de dissimuler ses taches de rousseur – pourtant minimes – sous du fond de teint, d'agrandir ses yeux avec de l'eye-liner et de colorer sa bouche. En cet instant, Nikos retrouvait son visage vierge de tout artifice, celui qu'il aimait tant contempler au réveil. Un autre détail curieux le frappa : ses cheveux étaient bouclés alors qu'elle s'entêtait à les raidir.

Marisa n'ayant pas bougé d'un poil pendant son examen, Nikos la suspecta de feindre l'inconscience. On ne restait pas évanoui si longtemps. Le choc qu'éprouvaient les gens face à sa « résurrection » pouvait cependant se manifester de différentes manières, avait-il découvert au cours des derniers jours. Il décida donc de lui laisser le temps nécessaire à se ressaisir. Lui aussi, d'ailleurs, en avait besoin.

Il se dirigea vers le bar remarquablement approvisionné de sa suite, sélectionna un single malt de dix-huit ans d'âge et s'en servit une bonne mesure qu'il but d'un trait.

Comme il se retournait, il trouva Marisa debout à un mètre de lui qui l'observait, sourcils froncés, les yeux animés d'un éclat…

« Enragé » fut le premier mot qui lui vint à l'esprit.

Marisa regarda le fantôme dressé devant elle, n'osant pas ciller de peur qu'il disparaisse.

Depuis l'instant où elle avait ouvert les yeux, se sentant tellement en sécurité dans ses bras, mais effrayée aussi, sa raison refusait d'admettre cette étrange réalité.

Nikos était mort.

Elle l'avait pleuré jour et nuit pendant dix-huit mois, sans jamais réussir à faire son deuil. Elle avait porté son enfant, lui avait donné naissance, l'avait aimé et élevé sans lui.

Or pendant tout ce temps il était vivant !

Et là, devant elle ?

Non, c'était impossible !

En un éclair, les émotions submergèrent Marisa avec une force insoupçonnée, lui ôtant toute maîtrise. Dans la seconde suivante, elle se jeta sur le fantôme.

2.

Nikos ne fit pas un geste pour arrêter Marisa qui lui martelait la poitrine tout en criant des mots incompréhensibles.

Marisa avait un caractère opposé au sien, lui était froid et analytique, elle chaleureuse et passionnée – même dans la fureur, découvrit-il.

Lorsque ses coups s'atténuèrent cependant, il comprit que ce n'était pas la rage qui déformait son beau visage, mais l'émotion, la même qui la fit s'écrouler à ses pieds brusquement, sans plus de force. Les bras serrés autour de ses genoux, elle sanglotait maintenant en silence.

Incapable de gérer ce débordement, il prit une boîte de mouchoirs sur le bar, la posa à côté d'elle puis leur servit deux verres de whisky.

— Tiens, dit-il en anglais, leur langue de communication. Bois, ça te fera du bien.

Marisa sentit la voix grave de Nikos résonner au plus profond de son corps. Il parlait, donc il était bien vivant. Dire que chaque nuit elle l'avait entendu, avait senti son corps contre le sien, pour se réveiller au matin et trouver le lit vide, comprendre qu'il était mort…

Tremblant de tous ses membres, mais incapable de le regarder, Marisa tira un Kleenex de la boîte et se moucha.

Elle prit ensuite le verre qu'il lui tendait. Le whisky lui brûla la gorge mais eut le mérite de ramener une certaine clarté dans son esprit embrumé.

— Tu te sens mieux ?

Marisa hocha la tête et osa enfin lever les yeux vers Nikos accroupi devant elle.

— Es-tu prête à discuter ?

La gorge trop serrée pour parler, et prise de l'irrépressible besoin de toucher Nikos, de s'assurer de sa réalité, Marisa se mit à genoux. Les yeux plongés dans les siens, elle passa les mains sur sa mâchoire, sentit le picotement de sa barbe naissante puis la fossette de son menton. Du bout des doigts, elle explora chaque centimètre de sa peau jusqu'à son cou où battait son pouls.

Alors seulement, elle accepta sa réalité et se laissa retomber au sol.

Un silence pesant s'éternisait entre eux lorsque Nikos, jusque-là parfaitement immobile, se leva pour s'installer dans un fauteuil.

Nikos regarda Marisa s'adosser au canapé face à lui, jambes repliées, menton sur les genoux. Il avait soigneusement préparé le discours à lui faire, mais la sensation de ses doigts sur son visage lui avait brouillé les idées. C'était le premier réel contact humain qu'il ait eu en dix-huit mois. Sa réaction l'avait aussi déstabilisé. Il s'était bien sûr attendu à de l'émotion – il ne pouvait en être autrement avec Marisa –, mais il n'avait pas imaginé qu'elle puisse se manifester de manière si extrême.

Leur liaison avait été la plus longue qu'il ait jamais eue, sans toutefois présenter de caractère sérieux. Nikos n'avait jamais voulu s'engager, ni n'avait aucune intention de le faire dans le futur. Sa vie de célibataire lui convenait et, depuis son adolescence, il détestait l'idée de devoir rendre des comptes à quiconque. Ainsi qu'il aimait le dire à ceux qui s'en étonnaient : « si vous voulez faire s'épanouir le côté rebelle d'un gamin de quatorze ans, envoyez-le dans un pensionnat anglais ! »

Il avait tenu deux trimestres dans le premier avant d'en être expulsé. Envoyé dans un deuxième, il s'était fait virer au bout de quatre mois. Il avait évité ce sort dans le troisième car son grand-père lui avait proposé un marché : s'il finissait l'année scolaire *et* réussissait ses examens, il lui attribuerait cinquante mille euros de son fonds fiduciaire pour poursuivre sa formation comme bon lui semblerait. Une fois la somme sur son compte bancaire, Nikos avait ignoré le reste des conditions. Il était alors âgé de seize ans.

Dix-neuf ans plus tard, Nikos vivait toujours selon ses propres termes. Jusqu'à son exil forcé, sa vie avait été merveilleuse. Il adorait gagner et dépenser de l'argent, ainsi que s'amuser. Or, grâce à sa fortune les plus belles femmes gravitaient autour de lui, le choix restant le sien.

Marisa était la première qu'il ait activement courtisée. Il l'avait rencontrée dans la section VIP de sa boîte de nuit d'Ibiza. En proie à une immédiate et intense attirance, Nikos avait usé de son charme pour la convaincre de passer une nuit avec lui dans sa villa. En vain. Marisa n'était pas la jeune fille mondaine et légère qu'il avait imaginée.

Peu habitué à se voir repoussé, il avait dissimulé sa déception derrière des sourires et finalement obtenu qu'elle vienne déjeuner chez lui le lendemain au bord de la piscine. Où elle était arrivée en compagnie d'une bande de copines ! Il lui avait ensuite fallu une semaine pour lui faire accepter un véritable tête-à-tête, puis un mois avant de la conduire dans son lit et là, ô surprise, il avait découvert qu'elle était vierge.

Le fait qu'elle lui ait résisté si longtemps était peut-être la raison pour laquelle il avait poursuivi leur relation. Il était impossible de s'ennuyer avec une personne si peu décidée à tomber dans les pièges habituels de la séduction. Marisa avait sa vie et ne pouvait, ni ne voulait, se consacrer entièrement à lui. Élevée dans le but de prendre la succession de l'entreprise familiale, elle était dévouée à son travail.

Dans la mesure où ses propres horaires étaient plus flexibles, Nikos s'était retrouvé dans la position de l'éternel poursuivant. Et ça en avait valu la peine. Marisa était d'excellente compagnie. Passionnée, drôle, spirituelle et à l'esprit ouvert, elle était aussi heureuse de dîner dans un café que dans un restaurant étoilé. Et, cerise sur le gâteau, elle était sexy en diable.

Marisa était aussi de nature affectueuse. Elle ponctuait ses conversations avec ses amies de « Je t'aime ». Elle le lui avait aussi dit de nombreuses fois, mais il ne s'agissait que de mots. C'est pourquoi, être témoin de sa profonde détresse face à sa résurrection avait incroyablement troublé Nikos.

Comment cela pouvait-il être réel alors que son propre grand-père n'avait pas fait preuve d'autant d'émotion à son retour ? Quant à son père, s'il avait appris sa disparition, son inquiétude avait dû être de courte durée. Il ne s'était jamais soucié de lui dans son enfance et s'en souciait encore moins depuis.

Nikos finit son verre de whisky avant d'entamer la conversation. Fidèle à son habitude, il alla droit au but :

— Tu as un fils.

Un éclair de surprise traversa le regard au brun velouté. Il avait toujours pensé que leurs yeux reflétaient leurs personnalités ; ceux de Marisa profonds et chaleureux, les siens clairs et froids.

— Je t'ai vue avec lui, il y a deux jours. Est-ce le mien ?

Bien que connaissant la réponse, la voir acquiescer le soulagea. Nikos Marco Lopez était né onze mois plus tôt selon le registre d'état civil, soit sept mois après sa disparition officielle.

— C'est pourquoi tu lui as donné mon prénom.

Marisa le regarda, les yeux écarquillés, puis se releva lentement et s'assit sur le canapé.

— Comment…

Son angoisse, évidente à sa voix qui se cassa après ce seul mot, émut Nikos. Craignant un nouvel afflux de larmes, il se hâta de reprendre la parole :

— Je sais que tu as des tonnes de questions, mais tu pourras me les poser après. J'aimerais avant tout t'expliquer ce qui s'est passé. Es-tu d'accord ?

— Oui, murmura-t-elle en un souffle.

— Ainsi que tu as dû le comprendre, j'ai mis en scène ma propre mort. J'avais de sérieuses raisons pour cela, crois-moi. À l'époque, un cartel international voulait me contraindre à écouler sa drogue dans mes clubs.

Le visage déjà pâle de Marisa devint livide.

— Oui, il s'agissait des mêmes personnes qui ont contacté tes parents, des gens qui n'acceptent aucun refus. Tu te souviens sûrement du cocktail molotov qui a explosé dans mon club de Londres, c'était eux. Ce que tu ignores, en revanche, est qu'ils m'avaient averti de la présence d'une bombe placée dans ma boîte de nuit d'Ibiza. Une fausse alerte, mais je les savais capables d'en placer une vraie, et prêts à le faire. Ensuite, en l'espace de huit jours, mon avocat français, mon chef de sécurité à Santorin et le gérant de mon club de Madrid ont disparu. J'ai reçu une enveloppe contenant des photos d'eux destinées à me montrer jusqu'où ils étaient capables d'aller pour me forcer la main. Parmi elles, il y en avait une de toi.

Marisa étouffa un petit cri de sa main. Nikos, lui, sentit

son estomac se révulser comme le jour où il avait vu cette photo d'elle au milieu des autres.

— De toute évidence, aucune personne associée à moi n'était en sécurité tant que je n'avais pas capitulé. J'ai cependant refusé de m'incliner. La drogue fait trop de ravages dans notre monde.

Nikos ne le savait que trop bien. Ses parents, tous deux toxicomanes, s'adonnaient à ce plaisir dangereux grâce aux revenus du fonds fiduciaire de sa grand-mère maternelle anglaise. Un de ses premiers souvenirs de sa mère était de l'avoir trouvée un matin allongée dans le salon, une aiguille plantée dans le bras.

— Dans le but de mettre un terme à leur chantage, j'ai engagé une équipe de sécurité pour m'aider à feindre ma mort et à me faire disparaître. Mon soi-disant décès signifiait que le cartel n'avait plus de raison de s'en prendre à quiconque dont le nom était associé à ma personne ; et mes partenaires pouvaient gérer mes affaires sous la surveillance de mes comptables.

Marisa semblait médusée. Nikos n'avait pas un instant songé à l'avertir de son plan à l'époque, car le croire mort écartait tout danger d'elle. La brutalité reflétée dans les photos l'avait cependant tellement horrifié qu'il avait chargé son équipe de sécurité de veiller discrètement sur elle à son insu.

— Une noyade était le scénario de disparition le plus plausible. Ensuite, j'ai été convoyé jusqu'en Alaska où j'ai passé l'année et demie suivante dans un chalet isolé en pleine montagne. Sans trace de mon corps, aucun certificat de décès ne pouvait être produit pendant un certain nombre d'années. Ceci devait me permettre de reprendre la direction de mes affaires une fois cette dramatique histoire terminée, ce qui est le cas désormais.

Ou presque. Il lui fallait encore rendre sa réapparition officielle.

Malgré son effort, les Lopez étaient cependant tombés dans les griffes du cartel. C'était indépendant de ses démêlés avec eux, Nikos le savait. Pour écouler la drogue, il leur fallait avant tout la transporter, mais apprendre l'assassinat de Marco Lopez l'avait profondément touché. Cet homme foncièrement bon l'avait accueilli dans sa famille, aussi Nikos s'en voulait de n'avoir fait protéger que sa fille.

Cette période avait été la pire de son exil forcé, mais aussi le moment où il avait compris les raisons de Felipe Lorenzi, le chef de son équipe de sécurité, de l'installer dans un lieu aussi reculé. C'était le seul moyen de freiner sa tendance à tout prendre en charge si, ainsi que cela venait de se produire, le cartel s'en prenait à ses proches.

Nikos avait pourtant préparé un sac à dos et s'apprêtait à parcourir les cent vingt kilomètres à travers les montagnes qui le séparaient de la première route. Un appel de Felipe, l'informant qu'il avait été engagé pour assurer la protection des Lopez, l'en avait dissuadé.

Mais si Nikos avait été informé de la grossesse de Marisa ou de la naissance de son enfant, il aurait probablement mis un terme à son exil, quelles qu'en soient les conséquences.

Marisa, qui avait écouté en silence les explications de Nikos, s'efforçait d'en assimiler chaque détail et d'en comprendre les raisons.

— Donc, puisque ta disparition était un acte volontaire, pourquoi ne pas m'en avoir avertie ?

— Ma mort devait être convaincante.

— Bien sûr, c'était essentiel…

Un doute cependant la chiffonnait sans qu'elle puisse le

formuler. Le whisky lui ayant éclairci les idées une fois, elle en demanda un autre à Nikos. Tandis qu'il s'activait devant le bar, Marisa ne le lâcha pas des yeux, comme si elle craignait de le voir disparaître à nouveau. Car, force était de le reconnaître, la situation lui paraissait encore irréelle.

Après avoir pris une gorgée de scotch, Marisa tenta de préciser son intuition.

— Je comprends la nécessité de mettre en scène ta mort. Ce cartel est impitoyable : avant mon père, ils avaient tué notre chien Rocco en guise d'avertissement. Ce qui me gêne en revanche est que cela ne t'ait pas dérangé de me laisser dans l'ignorance.

— Tout dans cette histoire me *dérangeait* ! rétorqua Nikos d'un ton mordant.

— Pas au point de te confier à moi. Tu aurais pu m'en parler. Je sais me taire, surtout s'il s'agit d'un sujet aussi sérieux.

— Les secrets cessent d'être secrets une fois partagés. Si je t'avais parlé, qui d'autre aurais-je dû informer ? Mon grand-père, mes partenaires ?

L'indifférence de Nikos, évidente dans son choix de mots aussi bien que dans son ton ou son regard, peina Marisa.

— En pareil cas, je me serais confiée à toi, murmura-t-elle.

— C'est facile à dire. Tu ignores ce que tu aurais fait dans une situation donnée tant que tu n'y as pas été confrontée.

— En aucun cas je n'aurais laissé l'homme que j'aime croire à ma mort. Je ne t'aurais pas infligé une telle souffrance.

Nikos cilla imperceptiblement.

— Pas même si tu savais que la peine serait temporaire et que l'alternative présentait un réel danger ?

— Temporaire ? Il s'est écoulé dix-huit mois, bon sang ! Et le cartel a été démantelé il y a deux semaines. Pourquoi n'être pas venu me parler dès ton retour ?

Comme, au lieu de lui répondre, Nikos buvait une gorgée de whisky, Marisa poursuivit :

— Es-tu venu uniquement parce que tu as appris l'existence de Niki ?

— Tu l'appelles Niki ?

Elle hocha la tête. Dans la mesure où en prononçant son prénom le premier jour Marisa avait fondu en larmes, ce diminutif s'était imposé. En plus, il donnait une identité plus personnelle à son fils, le distanciant de son père décédé.

— Parle-moi de lui.

— Il est très beau. Il a ton teint, la couleur de tes yeux, et je pense qu'il sera aussi grand que toi. Il commence à faire quelques pas et devrait marcher très vite…

Marisa se tut brusquement, Nikos la poussait-il à parler de Niki pour lui faire oublier sa question ? Après tout, il aurait pu venir frapper à sa porte deux semaines plus tôt et lui éviter de souffrir plus longtemps, or il avait choisi de n'en rien faire.

— Dis-moi la vérité, Nikos, es-tu simplement venu aujourd'hui pour Niki ?

— Je ne peux ignorer le fait d'avoir un enfant.

— Non, bien sûr, mais m'aurais-tu avertie de ta résurrection si tu n'avais pas appris son existence ?

— À quoi bon ? Tu avais tourné la page, poursuivi ta vie. Tu n'avais nul besoin de voir le passé resurgir.

— Donc ta réponse est non.

— J'ai fait ce que je pensais être le mieux.

— Le mieux pour qui, toi ou moi ? Tu avais toujours eu l'intention de réapparaître or nous avons pas mal d'amis communs donc, tôt ou tard, je l'aurais appris ne serait-ce que par les médias. Entre nous soit dit, suite à ton entrée fracassante ce soir, les journalistes vont sauter sur cette nouvelle !

De colère, Marisa finit son whisky d'un trait.

— Tu voulais donc que j'apprenne par un appel ou un article que l'homme dont je pleurais la mort depuis dix-huit mois était bien vivant. Tu as pris pour prétexte que j'avais tourné la page quand, en fait, c'est toi qui l'avais tournée, et préférais éviter une discussion sur le sujet.

— Il ne s'agit pas d'un prétexte. C'était ta soirée de fiançailles.

— Cesse de chercher des excuses et sois franc avec moi. Tu as eu deux semaines pour me parler, la seule raison de ta venue aujourd'hui est Niki.

Nikos posa les coudes sur ses genoux, son menton sur ses mains croisées puis, impassible, lâcha :

— Et alors ?

3.

Marisa peinait à reconnaître l'homme qu'elle avait aimé. Comment Nikos pouvait-il faire preuve d'une telle indifférence ?

— *Et alors ?* C'est tout ce que tu trouves à dire ?

— Oui. Nous étions amants, or tu connaissais mes règles : je ne fais pas dans le long terme, et n'ai jamais prétendu le contraire. Je ne suis pas venu ressusciter une liaison qui tôt ou tard aurait pris fin. Tu as tourné la page, moi aussi, mais cela ne m'empêche pas de vouloir connaître mon fils et d'être un père pour lui.

Marisa n'aurait pas pensé recevoir de choc plus grand que celui de revoir Nikos au cours de cette soirée. C'était pourtant le cas.

De quelles règles parlait-il ? Il n'en avait énoncé aucune. Tout au plus, lors d'un dîner, alors qu'ils discutaient de leurs visions pour l'avenir, Nikos avait dit ne jamais vouloir se passer la corde au cou. Mais c'était au tout début de leur relation, avant qu'ils aient couché ensemble, avant que les liens entre eux soient devenus si intenses que toute séparation leur soit devenue douloureuse. Avait-il oublié comment, pendant les nuits qu'ils ne pouvaient partager, ils passaient des heures devant leurs ordinateurs à bavarder en vidéo ou à échanger des messages coquins avant de se souhaiter une bonne nuit ?

Rien de cela n'avait compté pour lui ?

Ni le fait qu'elle lui dise et redise qu'elle l'aimait ? Lui n'avait jamais prononcé ces mots, mais chaque fois qu'elle le faisait, il l'embrassait ou lui envoyait un baiser par écran interposé. Son refus de dire ces trois petits mots magiques l'aurait blessée plus profondément si elle n'avait deviné lors de ses rares confidences concernant son passé que le mot « amour » n'avait aucune signification pour lui. Nikos montrait ses sentiments à l'aide de gestes ou d'actes, or durant leurs six mois ensemble, il avait agi comme un homme amoureux.

Ou bien était-ce ce qu'elle avait voulu croire, ou voir ?

Devant le visage fermé de Nikos, Marisa dut combattre les larmes qui affluaient à ses paupières.

— La présence de Raul t'était indifférente ? demanda-t-elle.

Si Nikos avait un jour éprouvé des sentiments pour elle, il devait se soucier de la savoir avec un autre… Marisa fit un effort pour ne pas se jeter à ses pieds, le supplier d'abandonner son masque de froideur et lui dire qu'elle n'était pas la seule à devoir se contrôler pour ne pas l'embrasser, le caresser, que lui aussi avait envie de la prendre dans ses bras, de retrouver son corps contre le sien.

Mais son besoin désespéré de lui ne l'empêchait pas de voir cette autre facette de Nikos, un homme capable de se montrer glacial. Sauf que jusque-là, il ne l'avait jamais été avec elle.

Nikos luttait pour dissimuler sa rancœur en entendant Marisa prononcer le nom de son fiancé. Il avait appris l'existence de ce dernier deux mois plus tôt, lors d'un après-midi pluvieux où il avait passé le temps à lire les potins mondains sur son ordinateur. Sa première réaction avait été un haussement d'épaules désabusé. Il avait donc vu juste, Marisa parlait d'amour à la légère. Sa disparition ne l'avait affectée qu'un temps, ensuite elle lui avait trouvé un remplaçant. Grand bien lui fasse !

Le soir cependant, il s'était surpris à taper le nom de Raul dans son moteur de recherche. Cet homme lui était alors apparu si indigne qu'il avait senti la colère le gagner – et avait noyé d'autres émotions plus dérangeantes dans le whisky. La veille, il avait cherché auprès de ses amis plus amples informations sur le sieur Torres uniquement parce qu'il allait désormais tenir une grande place dans la vie de son fils. Tout père en aurait fait autant.

— Je ne connais pas cet homme, répondit-il enfin, ou seulement par ouï-dire. Nikos le considère-t-il comme son père ?

Marisa se massa les yeux avant de répondre :

— Non, il est trop jeune pour penser en ces termes. De plus, il ne l'a pas vu suffisamment pour être attaché à lui.

Un immense soulagement envahit Nikos. Il injecta cependant une nuance d'avertissement à sa voix :

— C'est parfait. Je ne cherche pas à te causer de problème, Marisa, mais il est hors de question que mon fils considère un autre homme que moi comme son père.

Et, comme elle restait songeuse, Nikos comprit qu'elle était peut-être en train de penser à son fiancé. À cette idée, la nausée le gagna.

— Qu'est-ce qui ne va pas, Marisa ?

— Où est mon sac à main ?

— Probablement là où tu l'as laissé.

Marisa se leva d'un bond, soudain en proie à la panique.

— Je dois aller le chercher. Mon téléphone est à l'intérieur. Estrella garde Niki pour la nuit, elle doit pouvoir me joindre en cas de problème.

— Elle a les numéros de ta sœur et de ta mère. Inutile de t'affoler.

— Peux-tu me prêter ton mobile que j'appelle Elsa ?

Nikos tapa son code puis le lui tendit.

— Si elle ne répond pas, nous appellerons le concierge.

Par chance, Elsa était près de son téléphone. Malgré son envie certaine de savoir ce qu'il se passait, sa sœur se dispensa de poser la moindre question et promit d'apporter le sac sur-le-champ.

Sa communication terminée, Marisa rejoignit Nikos qui avait eu la discrétion d'aller s'asseoir sur un tabouret du bar pendant qu'elle parlait. Même s'il avait raison – Estrella serait arrivée à joindre un membre de sa famille – elle s'en voulait d'avoir été indisponible. Niki était sa responsabilité.

Niki était sa raison de vivre.

Se découvrir enceinte l'avait sortie du puits de douleur dans lequel elle était tombée à l'annonce de la mort de Nikos. Grâce à lui, Marisa avait retrouvé la force de prendre soin d'elle, de surmonter l'assassinat de son père. Nikos avait cependant conservé sa place dans son cœur, et le voir si proche la bouleversait.

Soudain elle remarqua son regard froid, impénétrable. Sa gorge se noua. Il n'était pas venu pour elle. Nikos ne la voulait plus. Il avait totalement tourné la page.

De dépit, elle se servit un autre whisky. Quelle ironie, ne pas avoir bu une goutte d'alcool pendant sa grossesse et les mois où elle avait allaité Niki, et en abuser le jour même où elle retrouvait son père !

— Je pensais ce que j'ai dit, Marisa, je ne veux pas te causer de problème, mais Raul Torres n'est pas un homme recommandable. Tout le monde s'accorde à le qualifier de retors en affaires comme en amour.

— En quoi cela te concerne-t-il ?

Marisa ne chercha même pas à dissimuler son amertume. Elle s'était s'évanouie à la vue de Nikos, puis s'était effondrée devant lui sans qu'il manifeste la moindre émotion. Ensuite, il avait admis qu'il ne lui aurait pas donné signe de vie s'il n'avait pas appris l'existence de son fils. Il n'avait jamais eu l'intention de la revoir.

— Ça me concerne parce que si tu l'épouses, il aura une influence certaine sur mon fils.

— Ce ne sera pas le cas, car nous n'allons pas nous marier. Le plus drôle, c'est que j'ai accepté d'annoncer nos fiançailles ce soir pour lui éviter une humiliation publique. En définitive, le remède a été pire que le mal. Dieu sait comment il va réagir maintenant.

Nikos était stupéfait. Étrangement, l'amertume qui le rongeait depuis qu'elle avait mentionné le nom de Raul diminua brusquement.

— Je ne suis pas sûr de comprendre, tu avais prévu de rompre vos fiançailles ?

— Oui, j'avais fait un mauvais choix. Raul disait aimer Niki comme son propre fils, or c'était un mensonge. S'il avait tenu à lui, il serait resté pour prendre soin de nous durant la période horrible que nous venons de vivre. Au lieu de cela, il nous a abandonnés. Seul Lopez Shipping l'intéresse.

— Dans ce cas, pourquoi ne pas avoir annulé la soirée ? Peu t'importe de l'humilier.

— La raison est simple. Raul est un être vindicatif. Il s'attendait à prendre la direction de nos deux sociétés réunies en une seule. Or il en sait trop sur la nôtre. Il peut faire échouer nos contrats, s'approprier nos clients et bien pire probablement. Après tout ce que ma famille a dû supporter au cours des dix-huit derniers mois, je tiens à lui épargner ruine ou déshonneur.

— Mais pourquoi avoir accepté d'épouser cet homme en premier lieu ?

— En fait, c'est lui qui a accepté de m'épouser.

— Tu veux dire que le mariage était ton idée ?

— Parfaitement.

Nikos en resta bouche bée. La femme qui lui avait tenu la dragée haute pendant toute leur relation avait demandé la main d'un autre ? Il eut l'impression d'avoir reçu une gifle.

— Que diable t'a-t-il pris ?

— Mon père a été assassiné. Peu avant, nous avions retrouvé notre chien noyé dans notre piscine. Le cartel accumulait les menaces, j'avais un nouveau-né, et une entreprise à diriger. Comment voulais-tu que je gère tout cela seule ?

— Ce n'était pas une raison pour te précipiter sur Raul Torres. En une heure de recherche, j'ai su quel être retors il était, et tu l'as choisi pour être le père de mon enfant !

Et son mari par-dessus le marché ! Mais il se garda de le mentionner.

— J'essayais de nous protéger !

— Tu bénéficiais déjà d'une protection ! s'énerva Nikos.

— Oui, des professionnels. Niki n'avait plus ni père ni grand-père. Il n'avait que moi. Ne crois-tu pas que si tu m'avais tenue au courant de tes problèmes les choses auraient été différentes ? Mais non, tu as été trop lâche pour me dire que tout était fini entre nous, tu as préféré mettre en scène ta mort pour éviter une discussion. Si tu avais eu le courage de me parler, j'aurais souffert, certes, mais au moins j'aurais su que tu serais là un jour pour Niki. Cette idée m'aurait aidée à passer le cap.

— Ne me rends pas responsable de ton manque de jugement, rétorqua Nikos, vexé de s'entendre traiter de lâche.

Marisa n'avait cependant pas tout à fait tort. Il avait saisi cette occasion de mettre fin à une relation qui de toute manière se serait terminée. Il lui avait déjà donné beaucoup plus qu'à aucune autre de ses maîtresses. Tout ce qu'il était capable de donner, en fait.

Bien sûr, s'il avait eu la moindre idée qu'elle puisse être enceinte, il aurait agi différemment, mais il l'ignorait. De plus, au moment de sa disparition, le cartel n'avait pas contacté sa famille. Certes il n'avait jamais envisagé de vivre avec Marisa, cependant il était revenu et était prêt à assumer ses responsabilités. S'il avait été lâche ainsi qu'elle l'en accusait, il serait resté à Mykonos. Comme son père, il aurait abandonné la charge d'un enfant non désiré à un autre.

— Tu as traversé une période difficile…

— Difficile ? hurla Marisa. J'ai donné naissance à mon fils juste après le décès de mon père tout en croyant le sien dévoré par les poissons !

Là-dessus, elle saisit la bouteille de whisky et la lança à travers la pièce.

Nikos regarda le projectile voler en éclats contre la table du salon, puis le visage horrifié de Marisa. À cet instant, la sonnette retentit dans l'entrée de la suite.

— Ce doit être ta sœur.

— Je m'en occupe.

La voir s'éloigner vers la porte, tête haute comme si elle cherchait à conserver un semblant de dignité, lui serra le cœur. En proie à un soudain accès de culpabilité, tandis que Marisa et sa sœur discutaient à voix basse dans le couloir, Nikos ramassa les plus gros morceaux de verre puis appela la réception pour qu'on envoie quelqu'un finir de nettoyer les dégâts. Il termina juste au moment où Elsa repartait.

— Estrella a cherché à te joindre ? demanda-t-il alors.

— Si tu t'inquiétais pour Niki, je te rassure, il va bien.

Nikos ne releva pas l'ironie, mais observa Marisa avec attention tandis qu'il posait sa question suivante. Tant qu'il n'avait pas vu comment elle se comportait avec son fils, il ne pouvait deviner quel genre de mère elle était. Or, après son acte d'exaspération, la prudence était de mise.

— Tu ne le fais pas souvent garder ?

— Non, c'est très rare.

Elle se laissa alors tomber sur le canapé avant d'ajouter d'une toute petite voix, le menton tremblant :

— Je suis désolée, je n'avais pas l'intention de jeter cette bouteille. Je ne sais pas ce qui m'a pris.

Un regain de culpabilité assaillit Nikos.

— Je t'ai poussée à bout, excuse-moi. Je n'aurais pas dû porter de jugement.

Et il n'avait aucun droit d'être jaloux qu'elle ait poursuivi sa vie sans lui. C'était complètement irrationnel et probablement dû à ses longs mois d'isolement avec pour seule compagnie ses pensées torturées.

Marisa se massa les tempes, s'efforçant de réprimer un soudain tremblement. Depuis la naissance de Niki, elle ne cessait d'étouffer ses émotions. Hélas, le retour de Nikos les ayant fait bouillonner, elles menaçaient de prendre le dessus à tout instant.

— J'ai commis une erreur en m'engageant avec Raul. Tu dois cependant comprendre une chose, Nikos, j'étais désespérée, anéantie de chagrin…

Consciente de devoir choisir ses mots avec soin, elle poursuivit :

— Je venais de perdre papa, mon protecteur. Je n'avais pas envie de me marier, mais Niki avait besoin d'un père et j'ai pensé devoir épouser Raul pour son bien, et celui de Lopez Shipping.

— Et ton propre bien dans l'affaire ?

— L'essentiel pour moi était de protéger mon fils tout en obtenant de l'aide pour diriger la société.

— Tu ne peux toutefois pas nier que Raul a un physique plutôt séduisant. Se réveiller chaque matin à côté de lui a dû faciliter les choses.

Comprenant le sous-entendu, Marisa sentit ses joues s'enflammer, et y porta aussitôt les mains.

— Ciel, non ! Cela n'est à aucun moment entré en ligne de compte. Nous n'avons jamais…

Nikos haussa un sourcil sceptique.

— Jamais ?

— Non ! Je n'étais pas prête.

Elle ne l'aurait d'ailleurs jamais été. Raul avait été heureux d'accepter cette décision qui lui permettait de conserver sa maîtresse de longue date en toute impunité. Marisa cependant n'avait aucune intention d'avouer à Nikos qu'en vérité elle ne supportait pas l'idée qu'un autre homme que lui puisse la toucher. Surtout en sachant qu'elle avait si peu compté pour lui !

À son grand soulagement, la sonnette de la porte d'entrée interrompit leur conversation. C'était le service d'étage. Comme l'employée aspirait les éclats de verre sur la moquette, le bruit de l'appareil résonna dans les tempes de Marisa.

La voyant se prendre la tête entre les mains, dès qu'ils se retrouvèrent seuls, Nikos demanda :

— Ça ne va pas ?

— Je ne me sens pas très bien. En fait je n'ai pratiquement rien mangé, donc je paie à présent ma coupe de champagne et le whisky.

— Je vais te chercher un antidouleur dans ma trousse de toilette.

Il revint peu après avec un comprimé qu'il lui fit avaler.

— Allonge-toi maintenant.

— Non, je dois redescendre parler à Raul.

— C'est hors de question, répliqua Nikos, pas décidé du tout à la perdre de vue. Tu n'es pas en état de discuter avec lui. Attends que l'effet de l'alcool passe. Tu préfères aller t'étendre sur mon lit ?

— Il vaut mieux que je rentre.

— Pourquoi, Estrella attend ton retour ?

— Non, pas avant demain matin.

— Dans ce cas, repose-toi. Quand tu te sentiras mieux, mon chauffeur nous raccompagnera chez toi.

— Comment ça, *nous* ?

— Je veux rencontrer mon fils, Marisa.

Et découvrir quel genre de mère elle était. Nikos doutait qu'elle soit inapte ou indifférente comme la sienne, mais préférait s'en assurer de visu. S'il s'avérait qu'elle néglige Niki ou le traite comme une pièce encombrante de la famille, il en demanderait immédiatement la garde. Il espérait cependant ne pas en arriver là.

— D'accord, mais tu devras attendre demain matin. Comme son père, il est grognon quand il n'a pas son content de sommeil.

Nikos sourit, mais Marisa s'était déjà endormie.

4.

Lorsque Nikos revint dans la suite une heure plus tard, Marisa dormait toujours sur le canapé. Il hésita à la prendre dans ses bras pour la porter sur son lit où elle serait plus à l'aise. L'avoir fait quand elle s'était évanouie était différent, c'était spontané. Plus exactement, il avait profité de l'état de stupeur de Raul pour le devancer.

Il sourit presque en se remémorant son soulagement en apprenant qu'elle n'avait pas couché avec cet homme méprisable.

Marisa était la seule maîtresse dont l'appétit sexuel ait été aussi important que le sien. Quelle surprise de la découvrir vierge ! Mais ses inhibitions avaient très vite disparu, elle s'était épanouie sous ses yeux, toujours prête pour de nouveaux jeux érotiques… C'était peut-être là le secret de la longévité de leur relation. Cette femme le comblait comme aucune autre avant elle. C'est pourquoi l'imaginer partager son intense sensualité avec son fiancé avait été particulièrement irritant.

Il ignorait cependant ce qui l'avait arrêtée. La maternité réduisait-elle la libido des femmes ?

Nikos s'en voulut de spéculer sur un sujet qui ne le regardait en rien. Il était naturel que la présence de Marisa ranime ses ardeurs après dix-huit mois de célibat, mais il allait devoir remédier à ce problème au plus vite.

En attendant, il alla chercher dans sa chambre de quoi

l'installer plus confortablement. Il venait de lui glisser un oreiller sous la tête lorsqu'elle se mit à marmonner dans son sommeil. Nikos crut reconnaître son prénom. Il sentit son pouls s'emballer et se figea, contemplant son beau visage. Mais en la voyant ramener ses genoux sous son menton en une position fœtale si familière, sa poitrine se serra.

Décidément, la soirée suscitait beaucoup plus d'émotion qu'il ne l'avait anticipé, et le whisky avait dû abaisser ses défenses naturelles. Il était tard, mieux valait aller dormir, ses pensées seraient plus claires au réveil.

Nikos ôta les chaussures de Marisa puis lui étendit une couverture sur le corps avant de regagner sa chambre.

Lorsque Marisa ouvrit les yeux, le cadre inhabituel l'alerta aussitôt. Elle était dans une suite.

Avec Nikos.

Et il était vivant.

L'était-il vraiment ou l'avait-elle rêvé ?

Un coup d'œil à sa montre lui indiqua qu'il était 2 heures du matin. Elle vit ensuite la couverture et l'oreiller. Donc Nikos était bien réel puisqu'il l'avait couverte. Préférant s'en assurer, elle ouvrit la porte de sa chambre.

Ouf, Nikos y était, profondément endormi. Marisa lui caressa la joue. La chaleur de sa peau lui évoqua leurs nuits, lorsqu'elle se blottissait contre lui, son radiateur privé. À cette pensée, un sourire lui monta aux lèvres aussitôt chassé par un autre souvenir, celui de la succession de nuits solitaires après l'annonce de sa mort, avec le froid pour seul compagnon.

Marisa s'apprêtait à repartir lorsqu'une main jaillie de sous le drap lui saisit le poignet.

Le cœur battant à tout rompre, elle se figea.

Nikos se réveilla en sursaut, cligna des yeux face à la silhouette debout à côté de son lit, incertain de sa réalité.

— Marisa ?

Comme sa vision s'affinait, il constata son expression sidérée avant de laisser glisser son regard sur le décolleté de sa robe et vit le renflement d'un sein au-dessus de la dentelle de son soutien-gorge.

Une vague brûlante déferla dans ses veines tandis qu'il se souvenait du goût de sa peau sous ses lèvres. Il l'attira vers lui sous l'emprise d'un impérieux besoin de sentir son corps pressé contre le sien. Jamais une autre n'avait éveillé un tel désir en lui.

Les lèvres de Marisa s'entrouvrirent, son souffle se suspendit.

Le corps vibrant, Nikos lui passa une main derrière le cou. Cela faisait si longtemps…

Mais au moment où leurs bouches n'étaient plus qu'à quelques centimètres l'une de l'autre, Marisa se détourna et libéra son poignet.

— Je suis désolée de t'avoir réveillé, murmura-t-elle. J'étais simplement venue m'assurer que tu étais bien là, que je n'avais pas rêvé.

Là-dessus, elle quitta sa chambre aussi silencieusement qu'elle y était entrée.

Nikos contempla la porte refermée puis porta la main à sa joue où il sentait encore le contact de celle de Marisa. Sans lui, il aurait pu croire avoir rêvé. Son corps en feu lui indiquait pourtant le contraire.

À 6 heures, Marisa vit Nikos entrer dans le salon, fraîchement douché. Aucun d'eux ne mentionna sa visite dans sa chambre. En ce qui la concernait, elle préférait passer l'incident sous silence. Elle avait agi sous l'effet d'une stupide impulsion. Il semblait d'ailleurs que chacune de ses actions soit aussi irraisonnée récemment.

Elle alla se rafraîchir pendant qu'il commandait deux cafés. Nikos voulait rencontrer son fils au plus tôt, ce qui était normal. Marisa envoya donc un message à Estrella pour l'avertir de leur arrivée, précisant qu'elle souhaitait assister seule à son réveil.

Ainsi qu'elle s'en était doutée, Niki avait les yeux grands ouverts lorsqu'ils entrèrent dans la chambre. Allongé sur le dos dans son petit lit, il se mit à gazouiller joyeusement à son entrée. Une bouffée d'orgueil envahit Marisa, son bébé était heureux et en pleine santé. Sur ce point, au moins, elle avait réussi. Que demander de plus ?

Elle le prit dans ses bras et l'embrassa.

— Bonjour, mon poussin.

Niki lui attrapa aussitôt les cheveux, les entortilla entre ses petits doigts puis, remarquant la présence d'un étranger, il lui adressa un regard curieux.

Nikos retint son souffle, captivé par ce petit bout d'homme blotti dans les bras de Marisa, qui le fixait de ses yeux gris-brun comme les siens et dont la petite bouche articulait des sons incompréhensibles. Il remarqua une fossette sur son menton, la même que lui.

Son cœur se gonfla d'orgueil.

C'était son fils.

Alors qu'il n'avait jamais envisagé d'avoir un enfant, tant il était attaché à sa liberté, il lui avait suffi d'un regard pour être envoûté.

— Tu veux le prendre ? demanda Marisa.

Nikos, qui n'avait pas encore tenu de bébé auparavant, marqua une légère hésitation.

— Quel est son degré de fragilité ?

— Tant que tu ne le laisses pas tomber, il devrait rester entier, répondit-elle avec un sourire. Je plaisantais, ne t'inquiète pas, ça n'arrivera pas.

Et elle le lui tendit.

Comme Niki, pas le moins du monde perturbé par ce changement de bras, lui saisissait le nez, Nikos se mit à rire. Loin d'être fragile, son fils gigotait avec une force insoupçonnée.

— Il est très beau.

— Bien sûr, je te l'avais dit.

Face au sourire fier de Marisa, les peurs de Nikos s'évaporèrent. Elle était totalement différente de sa mère.

— Rends-le-moi, reprit-elle, je vais le changer. Ensuite, nous lui donnerons son petit déjeuner.

Nikos observa, fasciné, ses gestes sûrs et aimants tandis qu'elle le lavait, admira sa douceur et tous les petits mots qui lui venaient si naturellement. Elle l'aimait, c'était évident. Il était le centre de son univers.

Après leur discussion houleuse de la veille, il s'était attendu à ce que Marisa lui présente son fils et le renvoie à l'hôtel. Au lieu de cela, elle lui expliquait ses rituels du matin, lui racontait des anecdotes sur ses premiers mois, et une multitude de petits détails. Elle répondait de bon cœur à ses questions, même si certaines devaient lui paraître naïves. En fait, elle partageait avec lui la vie de son enfant, comme pour lui faire rattraper les onze mois perdus.

Nikos s'était aussi attendu à une entrevue au mieux gênée, voire froide, avec Rosaria Lopez. Il n'en fut rien. La mère de Marisa, entre-temps rentrée de l'hôtel où elle avait passé la nuit, fit preuve de son habituelle amabilité tout au long du brunch qu'ils prirent ensemble.

Lorsque Marisa partit coucher son fils et prendre une douche, Mme Lopez entama le sujet brûlant de sa prétendue mort. Nikos lui en expliqua la raison et répondit à ses questions jusqu'à ce que sa fille revienne.

Marisa avait troqué sa sinistre robe noire pour une en mousseline de soie. Elle s'était aussi légèrement maquillée. L'odeur fraîche de son eau de toilette chatouilla agréablement les narines de Nikos.

Elle s'assit alors à côté de sa mère, et posa le babyphone sur la table.

— Tu as expliqué à maman les circonstances de ta disparition ?

Nikos hocha la tête, puis changea de sujet.

— Niki dort ? demanda-t-il, surpris de voir ce diminutif lui venir si naturellement aux lèvres.

— Oui, dès l'instant où sa tête s'est posée sur l'oreiller.

— Parfait. À présent, je souhaiterais discuter avec vous d'une proposition d'affaires.

Les deux femmes le fixèrent, aussitôt sur le qui-vive.

— Je veux prendre des parts dans Lopez Shipping.

Le temps passé seule avec Niki pendant qu'elle le couchait avait permis à Marisa de réfléchir à la nouvelle situation. Vu la manière dont il avait suivi avec attention chacun de ses gestes et s'était intéressé à la vie de son fils, Nikos voudrait avoir une réelle place dans sa vie. Elle s'était donc préparée à discuter de modalités d'accès avec calme.

Les traumatismes des dix-huit derniers mois l'avaient fait mûrir, au moral comme au physique. Après la naissance de Niki, son corps avait changé. Son ventre moins plat portait désormais des traces récentes de sa grossesse. La fatigue de s'occuper à la fois d'un enfant et de la société familiale transparaissait sur ses traits. Fort heureusement, une douche et le simple fait d'enfiler une tenue seyante lui avaient donné un regain de vitalité. Marisa était donc revenue dans la salle à manger, confiante de pouvoir affronter Nikos sur un pied d'égalité.

Sa confiance cependant la déserta en entendant sa déclaration. S'associer en affaires avec elles n'avait aucun rapport avec la discussion attendue !

— Si vous êtes d'accord, poursuivit-il, nous ferons faire un audit de Lopez Shipping par une compagnie indépendante. Ensuite, je m'engage à acheter un tiers des parts au prix recommandé. Votre famille aura les deux autres tiers. Toi, Marisa, tu conserveras le contrôle des décisions, mais nous engagerons quelqu'un pour diriger la société au jour le jour afin de te libérer. L'homme auquel je pense pour cet emploi te rendra directement compte.

Marisa fut trop stupéfaite pour parler. Nikos possédait une chaîne de clubs installés dans toute l'Europe, et investissait dans diverses entreprises de technologie, donc des activités limitées aux secteurs du divertissement, de l'information et de la communication branchés. Rien à voir avec celui du transport maritime, pour lequel il n'avait jamais manifesté d'intérêt au cours des six mois où ils étaient sortis ensemble. Que diable pouvait bien dissimuler sa proposition ?

Sa mère réagit la première.

— Qu'est-ce qui vous pousse à vouloir investir dans notre entreprise ?

— Mon but est de dissuader Raul Torres d'entrer en guerre avec vous, déclara-t-il avant de ramener les yeux sur Marisa. Je lui ai parlé. Tu avais raison, c'est un homme vindicatif.

Marisa, dont depuis des heures le monde ne tournait plus qu'autour de Nikos et de Niki, réalisa avoir totalement oublié Raul.

— Quand lui as-tu parlé ?

— Il a appelé sur ton mobile hier soir. Comme tu

dormais, j'ai répondu et suis descendu le retrouver à la réception.

— De quoi avez-vous discuté ?

— Disons qu'il s'est plutôt agi d'une mise au point de ma part. Je lui ai dit que vos fiançailles étaient annulées, ainsi que l'association de vos deux entreprises. Il a proféré des menaces, ce dont tu te doutais, puis a réclamé le retour de ta bague.

Marisa promena son pouce sur son annulaire nu. Elle n'avait toujours porté le saphir serti de diamants qu'en présence de Raul pour l'ôter dès qu'il la quittait. Bizarrement, cette bague ne lui avait jamais semblé lui appartenir.

Mais elle fut irritée d'entendre Nikos lui annoncer les décisions qu'*il* avait prises en son nom du même ton imperturbable avec lequel il l'aurait avertie d'un banal événement, et ce moins de vingt-quatre heures après être réapparu sans crier gare.

— De quel droit lui as-tu dit ça ?

Rosaria ne laissa pas à Nikos le temps de répondre.

— Quelqu'un pourrait m'expliquer ce qui se passe ? Tu as rompu tes fiançailles ?

Marisa fusilla Nikos du regard pour avoir eu l'audace de l'annoncer à sa mère.

— Oui, maman.

— Quel soulagement !

Et devant sa fille bouche bée, Rosaria précisa :

— Je n'ai jamais pensé que cet homme te convenait.

— Pourquoi n'as-tu donc rien dit ?

— J'ai essayé…

En effet, et Marisa lui sut gré de ne pas rapporter leur conversation d'alors dont la teneur était qu'elle agissait avec précipitation et ne devrait pas s'engager avec un homme quand son cœur appartenait encore à Nikos.

Arguments qu'elle avait repoussés dans la mesure où l'amour ne faisait pas partie du marché passé avec Raul. De toute manière, la douleur de perdre Nikos avait été trop forte pour qu'elle prenne un jour le risque d'aimer à nouveau.

En dix-huit mois passés à pleurer Nikos, Marisa avait presque oublié un de ses traits de caractère les moins engageants, à savoir sa tendance à tout prendre en charge. Si un problème surgissait, il y trouvait une solution et la mettait en application. Attitude appréciable si l'on avait sollicité son aide, mais désagréable en cas contraire.

Marisa se souvenait en particulier d'un jour où, lors d'une de leurs communications en vidéo, l'écran de son ordinateur ne cessait de s'éteindre. Le lendemain matin, un ordinateur flambant neuf lui avait été livré de la part de Nikos. Il ne lui était pas venu à l'idée qu'elle puisse vouloir faire réparer le sien ou, si cela s'avérait impossible, en choisir elle-même un nouveau. Bien que touchée par son geste, elle avait été irritée qu'il ne l'ait pas consultée auparavant.

Elle réitéra donc sa question laissée en suspens par l'intervention de sa mère.

— Peux-tu m'expliquer pour quelle raison tu as jugé bon de mettre un terme à mes fiançailles alors que j'étais tout à fait capable de le faire en personne ?

— Tu craignais que Raul se venge, répliqua Nikos avec un haussement d'épaules comme s'il statuait une évidence. Tu avais d'ailleurs raison : il est teigneux. Mais il ne s'engagera pas dans un combat perdu d'avance et réfléchira à deux fois avant de se lancer en guerre si je suis actionnaire de Lopez Shipping.

— Parce que seul un homme peut l'effrayer ? rétorqua Marisa avec colère.

— Non, parce que j'ai l'habitude de traiter avec des brutes de son espèce.

— Et que crois-tu que nous ayons fait toute cette année face au cartel ? Maman est allée seule rencontrer leur porte-parole, munie d'un dispositif enregistreur dissimulé dans ses boucles d'oreilles afin de recueillir des preuves contre eux. Preuves qui, bien que circonstancielles, ont permis leur arrestation. Sans elle, tu serais toujours terré au fin fond de l'Alaska !

Nikos peinait à dissimuler sa fureur. Il savait exactement quel risque avait pris Rosaria, comment son instinct maternel l'avait conduite à protéger ses filles, un instinct que sa propre mère n'avait jamais possédé. Le front uni que les trois femmes Lopez avaient opposé aux violences et aux tactiques d'intimidation du cartel était remarquable. En revanche, il détestait être qualifié de lâche. D'autant plus qu'il avait parfois eu le même ressenti pendant ses longs mois d'isolement.

Devoir rester caché, loin de la civilisation, et suivre l'action en cours à des milliers de kilomètres à travers les rapports journaliers de Felipe sans pouvoir intervenir avait été une torture. Sans les travaux journaliers indispensables à sa survie dans cet environnement hostile, il serait devenu fou.

Il avait tout abandonné et mené une vie d'ermite, pour protéger Marisa. Il devait à tout prix éviter que le cartel s'intéresse à elle pour l'atteindre, lui !

Nikos se pencha vers Marisa, son regard rivé au sien.

— Ce que ta mère et toi avez fait est admirable. Raul représentait cependant un nouveau danger, comme tu l'as très bien compris. Lors de ma conversation avec lui la nuit dernière, je lui ai donc fait passer un message sans équivoque : s'il tente quoi que ce soit pour nuire à votre société, c'est à moi qu'il aura affaire.

Adoptant la même attitude que lui, Marisa rapprocha son visage du sien par-dessus la table, le regard noir.

— Pour autant que je sache, ta menace devrait l'inciter à te tenir tête et saboter nos marchés en cours.

— Détrompe-toi. Ma présence au sein des actionnaires fait de moi un adversaire direct pour lui. Et s'il fait quelques recherches, il apprendra vite que je ne suis pas homme à proférer des menaces. Je fais des promesses.

En fait, Nikos espérait presque que Raul tente une action de sabotage. Ce serait l'excuse rêvée pour anéantir l'homme qui avait abandonné son enfant et sa mère pendant une période critique. Il avait dû se retenir de mettre son poing dans la figure de cet arrogant Espagnol, et de lui expliquer en détail ce qu'il lui ferait s'il s'avisait d'essayer de nuire aux Lopez.

— Quoi qu'il en soit, rétorqua Marisa, tu as agi sans me consulter. Tu as menacé un homme alors que je voulais éviter une guerre ouverte avec lui !

La colère de Marisa irradiait de ses yeux, mais avait aussi donné à ses joues la couleur exacte qu'elles prenaient au moment où elle atteignait l'orgasme. Nikos en fut si troublé qu'il pressa ses paumes sur la table pour se retenir de l'embrasser.

— Justement, éviter une guerre était le but de mon intervention. Je ne vois pas pourquoi tu te fâches contre moi quand j'essaie de t'aider. Tu as demandé à Raul de t'épouser parce que tu voulais un père pour Niki et de l'aide pour diriger Lopez Shipping. Or *je suis* son père et je te propose cette aide, ainsi que de financer un directeur capable de te décharger des tâches courantes. Mon offre te fournit donc tout ce que tu désirais avec deux avantages supplémentaires : ta famille et toi disposez désormais de ma protection et conservez le contrôle majoritaire.

Un babillage s'éleva soudain du babyphone.

5.

— Je vais chercher Niki. Maman, n'accepte rien avant mon retour.

Le départ de Marisa ne diminua pas la tension de l'atmosphère, ni celle de Nikos. La sienne cependant n'était pas due au seul côté professionnel de la conversation. Le regard ardent, quoique furieux de Marisa, avait éveillé en lui une tout autre fureur : celle de ses sens trop longtemps étouffés. Il allait devoir trouver une nouvelle maîtresse au plus tôt.

Rosaria abandonna son attitude amicale pour l'observer avec une froideur certaine.

— Quelle est la véritable raison qui vous pousse à investir dans notre société, Nikos ?

— Celle que je vous ai énoncée. Votre famille a été suffisamment éprouvée cette année sans entrer en plus en conflit avec Raul Torres.

— Cet homme ne m'a jamais plu. Quelque chose d'indéfinissable en lui m'inspirait la méfiance. J'ai offert à Marisa de continuer à travailler pour alléger sa tâche, mais je n'avais pas une expérience assez étendue pour l'aider, j'ai toujours eu un rôle très limité dans la société.

Ses yeux s'embuèrent et elle acheva dans un souffle :

— Marisa a hérité du sens des affaires de son père.

Nikos le savait. Marco et Rosaria avaient prévu de passer les rênes de Lopez Shipping à Marisa afin de prendre leur retraite. Cette dernière s'était préparée à son rôle avec zèle, s'était assurée de connaître à fond le fonctionnement de chaque service, déterminée à diriger l'entreprise avec la même expertise que son père. Hélas, par la force des choses, la passation de pouvoir avait eu lieu un an avant le jour de ses vingt-cinq ans, date choisie avec ses parents.

Nikos avait toujours admiré sa détermination et son dévouement à la société familiale mais, en cet instant, il comprit soudain quel poids cette responsabilité avait pesé sur les jeunes épaules de Marisa qui venait successivement de perdre son père et d'accoucher de leur fils. Sans parler de l'angoisse de savoir le cartel capable de frapper à nouveau et à tout moment leur famille.

— Marisa est très forte, reprit Rosaria d'une voix plus assurée, elle a réussi à tout mener de front. L'arrivée d'un homme de confiance la soulagera certainement, mais je ne comprends toujours pas votre motivation pour vous associer avec nous.

— Mon fils est ma motivation. Dimimuer le stress de sa mère lui sera bénéfique. Et puis, prendre des parts dans Lopez Shipping est un bon investissement.

— Sans aucun doute, cependant je me demandais si vous n'aviez pas une raison plus personnelle d'aider ma fille…

Pas question d'avouer à Rosaria les pensées érotiques inappropriées qui s'imposaient à lui depuis qu'il avait revu Marisa.

— Mon seul intérêt pour votre fille à présent est son statut de mère de mon fils, répondit-il avec calme.

Rosaria se pencha vers Nikos et posa une main sur la sienne.

— Marisa a vécu un enfer. Si vous avez jamais eu des sentiments pour elle, ne jouez pas avec les siens. Même si ma fille est très forte, elle n'en reste pas moins humaine et je ne supporterai pas de la voir souffrir à nouveau. Aussi, si vous n'envisagez aucun avenir avec elle, il vaudrait mieux…

— J'ai été clair sur ce point avec elle, l'interrompit Nikos très vite en retirant sa main.

Se souvenant alors que le mari de Rosaria avait été assassiné, et sa plus jeune fille visée par un enlèvement, Nikos adoucit son ton :

— Je ne suis pas venu raviver la flamme d'une ancienne relation. Nous sommes tous deux allés de l'avant, mais nous devons établir des rapports amicaux pour le bien-être de notre fils.

Nikos savait de par sa propre expérience combien un enfant souffre de l'attitude de parents brouillés qui font passer leurs propres désirs et besoins avant les siens.

— Tu n'as pas à t'inquiéter pour moi, maman. Ma relation avec Nikos est de l'histoire ancienne.

Le ton coupant de Marisa qui entrait, Niki dans ses bras, leur fit lever les yeux. Le sang de Nikos bouillonna dans ses veines tandis qu'un goût amer lui envahissait la bouche. Elle lui lança alors un sourire mielleux avant de poursuivre à l'intention de sa mère plus aimablement :

— J'espère que tu n'as passé aucun accord.

— J'ai toujours respecté ton indépendance ainsi que ton jugement, ma chérie, répondit Rosaria, puis elle continua en espagnol : Si tu acceptes, assure-toi d'avoir un contrat écrit l'empêchant de « mourir » une seconde fois.

Et Marisa répliqua dans la même langue :

— S'il s'avisait de vouloir disparaître à nouveau, je le tuerais de mes propres mains.

Nikos ne put réprimer un léger sourire. Il préférait cela à entendre Marisa qualifier leur relation « d'histoire ancienne ».

Bizarre, car il aurait dû en être soulagé.

Il avait mis en scène sa mort, certain que cette fausse conclusion de sa vie était aussi la fin réelle de leur liaison.

Cela avait un indéniable avantage : lui éviter le drame inévitable qui accompagne une rupture.

Rosaria prit alors congé d'eux.

— Tu as compris ce que j'ai dit à maman, n'est-ce pas ? demanda Marisa une fois la porte fermée derrière sa mère.

— Oui.

— Depuis quand parles-tu ma langue ?

— C'est affreux comme on peut s'ennuyer quand on est mort, ironisa Nikos.

Suivre des cours d'espagnol sur Internet était une manière utile d'occuper le temps lors de ses longues soirées solitaires. Au lit, il peaufinait son apprentissage en écoutant des textes lus, et s'endormait bercé par les accents chantants de la langue de Cervantes.

— Tu l'as apprise seul ?

Si Marisa était impressionnée, elle le cachait bien !

— Oui. Je la comprends parfaitement, mais ne la parle pas aussi bien, faute de pratique.

— Eh bien, tu auras l'occasion de t'entraîner car notre personnel parle très peu l'anglais et probablement personne ne connaît le grec.

Le pouls de Nikos s'emballa brusquement.

— Tu veux dire que tu acceptes ma proposition ?

Elle l'observa quelques secondes sans rien trahir de sa décision.

— Sous certaines conditions.

Bien sûr. Marisa était une femme d'affaires, douée de surcroît. Mais de là à lui parler comme si elle lui accordait une faveur et lui imposer ses conditions ! Nikos se souvint alors combien elle pouvait être obstinée.

— Lesquelles ?

Marisa examina avec soin son maquillage dans le miroir. Elle avait toujours pris soin de son apparence – à part lors de sa soirée de fiançailles, mais il s'agissait d'un acte délibéré. Certaines circonstances cependant exigeaient un effort supplémentaire, et rencontrer Nikos en faisait partie. Il était hors de question qu'il la voie autrement que sous son meilleur jour, car elle avait besoin d'assurance dès qu'ils étaient dans la même pièce. C'était aussi une question de fierté.

Depuis deux semaines qu'il était revenu du royaume des morts, Marisa s'était habillée et préparée avec un soin extrême car Nikos venait chaque soir passer un moment avec son fils et dîner « en famille ». De plus, il l'accompagnait dans la société, sur les quais de chargement ou chez leurs avocats respectifs pour finaliser leur agrément d'affaires. En fait, il lui donnait l'impression d'être toujours là, comme s'il avait l'intention de s'installer à vie à Valence.

Or il n'y restait pas pour elle, mais pour son fils. Sans Niki, Marisa ne l'aurait jamais revu. Impossible donc de baisser la garde en sa présence. Elle s'efforçait au contraire de présenter une attitude sereine, un ton aimable et de maîtriser ses réactions lorsque leurs corps s'effleuraient. Elle s'assurait de ne pas l'observer à la dérobée et, chaque fois que leurs regards se croisaient, détournait les yeux. Il n'était pas l'homme qu'elle avait cru deviner en lui, il était donc essentiel de lui dissimuler à quel point il la troublait. Et de reléguer ses sentiments aux oubliettes.

Jamais auparavant elle n'avait mené un combat aussi difficile.

— Tu es prête ? demanda Rosaria en entrant dans sa chambre.

— Absolument.

Toutes deux se sourirent dans le miroir.

— Je suis fière de toi, ma chérie, ton père le serait aussi.

Même si Marisa aurait, par fierté, souhaité refuser la

proposition de Nikos, elle l'avait acceptée parce que Marco Lopez l'aurait approuvée.

Son père avait hérité Lopez Shipping de son propre père, l'avait dirigé avec passion, non seulement pour en maintenir les standards de qualité et fiabilité, mais aussi pour procurer une vie douce à sa famille et la meilleure éducation possible à ses filles. Cet homme merveilleux avait en plus pris sous son aile Santiago Rodriguez, le fils orphelin de leur gouvernante, un adolescent rebelle et batailleur, et l'avait aidé à devenir un homme respecté désormais milliardaire à la tête d'un empire spécialisé dans les avions-cargos.

Le contrat que Marisa s'apprêtait à signer dans l'heure suivante signifiait que leur société resterait dans la famille, passerait éventuellement à son fils, et que la pression à laquelle elle était soumise depuis un an serait allégée. Elle pourrait alors consacrer sa seule attention au petit Niki.

Et, cerise sur le gâteau, son fils avait un père, son père biologique, or Nikos se révélait être un parent aimant et attentif. C'était là tout ce que Marisa avait toujours désiré pour lui.

Elle devrait seulement apprendre à vivre aux côtés de l'homme avec qui elle avait rêvé de partager sa vie. Mais Nikos aimait son fils, pas elle…

— Allons-y, déclara Marisa, il est temps d'aller signer ce contrat.

— Alors, as-tu fait ton choix ? demanda Nikos.

Depuis leur arrivée dans ce restaurant étoilé de Valence, Marisa avait comme disparu derrière l'épais menu relié de cuir, ne levant la tête que pour remercier le sommelier qui leur apportait deux coupes de champagne.

— Oui, je pense.

Nikos fit signe au serveur qui rôdait près de leur table. Une fois leurs commandes notées, il s'éloigna avec leurs menus.

— Tu vois, la taquina-t-il, ce n'était pas si difficile.

— Tout est tellement bon ici que je n'arrivais pas à me décider.

Ce à quoi elle semblait parfaitement décidée, en revanche, était d'éviter son regard car ses yeux ne cessaient à présent de passer de lui aux différentes œuvres d'art exposées sur les murs du restaurant. Marisa agissait de la sorte depuis le moment de leurs retrouvailles, ne le regardant franchement que lorsqu'ils parlaient de leur fils ou d'affaires. Attitude qui exaspérait Nikos dans la mesure où elle l'incitait à vouloir un contact plus personnel avec elle.

C'était doublement exaspérant puisque c'était contraire à tout ce qu'il lui avait dit et s'était dit lui-même. Nikos en était donc constamment réduit à étouffer les bouillonnements de son sang chaque fois qu'il se trouvait à proximité de Marisa. Il devait aussi se retenir de la pousser à argumenter avec lui, ce qui invariablement amenait une ravissante teinte rose à ses joues et des éclairs de passion dans ses yeux, et bien sûr ravivait le désir en lui.

Or, en cet instant, il mourait d'envie de la provoquer pour ramener son attention des peintures abstraites sur lui. Comme les enfants, il suffisait qu'une chose lui soit interdite pour qu'il la veuille davantage.

Mise à part la première nuit à l'hôtel où elle s'était effondrée et n'avait pas détaché ses yeux de lui, Marisa agissait comme si les derniers dix-huit mois *et* leur liaison n'avaient jamais existé. Elle l'acceptait auprès de leur fils, mais le maintenait à distance. Même si elle reconnaissait avoir agi imprudemment en s'engageant avec Raul, elle avait bel et bien poursuivi sa vie, et Nikos n'en faisait pas partie. Quelle qu'ait été sa peine après sa disparition, elle s'était évaporée. Son extrême émotion du premier soir était donc probablement due au seul choc causé par sa brusque réapparition, et l'avertissement de Rosaria de ne plus blesser sa fille n'était que les paroles d'une mère surprotectrice.

Cela devait être un trait de caractère familial car, en deux semaines passées à Valence, Nikos avait pu constater à quel point Marisa couvait leur fils. Elle ne se séparait jamais de lui et son bureau dans la villa ressemblait plus à une crèche qu'à un lieu de travail.

Vexé de voir Marisa toujours absorbée dans la contemplation des fichus tableaux, Nikos lança :

— Pourrait-on parler affaires maintenant ?

Il regretta aussitôt son ton sec. Cette femme le poussait à se comporter comme un enfant désireux d'attirer l'attention sur lui !

Ce qui était d'autant plus étrange qu'il n'avait jamais agi ainsi dans son enfance. Nikos avait appris très tôt que chercher à attirer l'attention de ses parents ne provoquait qu'une indifférence accrue. Une fois sous la tutelle de son grand-père, il avait cependant vu d'autres modèles parentaux, compris avoir été victime de négligence, et commencé à se poser des questions. La plus importante étant : qu'y avait-il de si mauvais en lui pour que ses parents ne l'aiment pas et aient abandonné sa garde si volontiers ?

— Y a-t-il un problème de ce côté-là ? demanda Marisa. Je pensais que nous en avions déjà discuté les principaux aspects.

Nikos avait enfin réussi à ramener le regard de Marisa sur lui, mais pas son intérêt. Son indifférence à son égard devenait carrément enrageante. Il avait donc vu juste autrefois : malgré ses mots doux, ses sentiments pour lui étaient éphémères.

Son amour pour son fils en revanche était profond et durable. Jamais elle n'abandonnerait Niki comme ses parents l'avaient fait avec lui.

Un frisson glacial lui parcourut soudain l'échine.

Et si un jour, Marisa le regardait, voyait en lui ce que ses parents y avaient vu, et décidait qu'il valait mieux l'éloigner de son fils ?

Non, cela n'arriverait pas. Il ne le permettrait pas !

Nikos afficha un sourire plus destiné à calmer son angoisse naissante qu'à Marisa.

— Il n'y a aucun problème, toi seule diriges la société. Je t'ai amenée dans ce restaurant pour fêter la réussite de notre collaboration en affaires.

Il leva alors sa flûte.

— À nos futurs succès.

Marisa porta sa flûte contre la sienne.

— Je suis tout à fait d'accord pour porter un toast.

Tous deux burent une gorgée de champagne.

— Trinquons aussi à la fin de tes fiançailles.

Marisa s'exécuta, l'air soudain soucieux.

— Espérons toutefois qu'elle n'aura pas de conséquences pour notre société.

— S'il y en avait, je les affronterais seul et paierais pour les dégâts. Lopez Shipping sera toujours protégé.

— J'y compte bien. C'est la seule raison pour laquelle j'ai accepté ton entrée chez nous.

Marisa lui lança alors un regard dont il ne sut s'il était provocateur ou s'il s'agissait d'un avertissement avant d'ajouter :

— *Salud* !

Et elle but une gorgée de champagne lentement sans le lâcher des yeux. En une fraction de seconde le sang se mit à battre violemment dans les veines de Nikos.

Marisa regarda les crevettes géantes que le serveur venait de placer devant eux, et se mit à rire.

Cet accès de joie lui vint naturellement, mais elle devait faire attention à ne pas se trahir. C'était la première fois qu'elle se trouvait en tête à tête avec Nikos, ce qui rendait ce déjeuner délicat. En effet, maintenir un air détaché, combattre son besoin d'admirer son splendide visage et éviter son regard devenait de plus en plus difficile. Elle s'était trop souvent perdue dans l'éclat pailleté de ses yeux.

— Si le plat principal est aussi important que l'entrée, je vais devoir dire à Santi de ne pas trop cuisiner pour nous ce soir.

— Ta sœur donne un dîner ?

— Oui, elle veut nous faire découvrir les talents de chef de Santi. Je pensais t'avertir plus tôt, mais ça m'est sorti de l'esprit. Ne t'inquiète pas, tu es invité.

— C'est très gentil à eux de m'inclure. Je ne pourrai cependant pas y assister car je dois prendre l'avion pour Ibiza en fin d'après-midi.

Le cœur de Marisa fit un tel bond, que sa main heurta son verre de vin blanc. Les joues en feu, elle se mordit la lèvre tandis que Nikos la fixait d'un air stupéfait. Par chance, un serveur se précipita pour éponger le vin et remplir son verre.

Nikos partait ? Cette annonce aurait dû la réjouir au lieu de la troubler au point d'avoir les jambes soudain liquéfiées et le corps agité de tremblements intérieurs.

— Cela ne te ressemble pas d'être si maladroite, lui fit-il remarquer dès qu'ils furent à nouveau seuls.

— C'était un accident.

Sa voix peu assurée dut la trahir car Nikos haussa un sourcil dubitatif.

Marisa se hâta donc de boire une gorgée de vin pour raffermir sa voix avant de poursuivre du ton détaché qu'elle avait perfectionné au cours des deux semaines précédentes :

— Que vas-tu faire à Ibiza ?

Cette fois un sourire entendu fleurit sur les lèvres de Nikos.

Au diable la perspicacité de cet homme, et sa propre émotivité !

— Je dois faire ma réapparition au club, histoire de prouver que je suis bien vivant.

— Tous tes employés le savent déjà, j'imagine.

Un sentiment de triomphe gonfla la poitrine de Nikos. Celle qui le traitait avec une cordialité distante avait perdu le contrôle de ses émotions à l'annonce de son départ ! Seulement quelques secondes, mais si son verre renversé n'était que le résultat d'une maladresse, ses joues encore enflammées et le léger tremblement de ses mains restaient des preuves flagrantes de son trouble.

Nikos prit le temps de déguster une bouchée de langoustine avant de répondre :

— Oui, tout le monde est au courant, il est toutefois bon de me montrer en personne. J'étais venu en Espagne avec l'intention de faire une tournée de mes différents clubs afin de vérifier que tout se passait bien, mais apprendre que j'avais un fils, puis régler avec toi ma prise de participation dans Lopez Shipping a modifié mes plans. Maintenant que c'est fait, mon assistant a organisé des réunions avec chacun de mes gérants et leurs équipes sur une semaine.

Marisa avait beau s'être ressaisie, Nikos remarqua ses efforts pour ne rien trahir de ses pensées.

— Tu vas avoir un emploi du temps chargé.

— Oui. J'avais prévu d'étaler mes rencontres sur deux semaines, mais je préfère en finir au plus tôt.

Et limiter le temps loin de Niki qui venait de faire ses premiers pas.

— Donc nous ne te verrons pas avant une semaine ?

Le ton posé de Marisa aurait été convaincant si, pour une fois, ses yeux n'étaient pas restés dardés sur lui. Nikos ne s'était donc pas trompé…

— J'espère pouvoir faire un aller-retour ou deux sur Valence. Si cela te convient, bien sûr.

— Évidemment, répondit-elle gaiement. Niki s'est beaucoup attaché à toi.

Et sa mère ? eut envie de demander Nikos.

— Je me suis aussi beaucoup attaché à lui, rétorqua-t-il simplement.

— J'ai remarqué.

— J'en suis heureux, car j'ai une faveur à te demander.

Marisa, qui venait de piquer un morceau de langoustine sur la fourchette et le portait à sa bouche, suspendit son geste à mi-chemin, sourcils levés.

— Après avoir passé en revue la gestion de mes clubs, je souhaiterais emmener Niki chez moi.

Toute couleur déserta le visage de Marisa. Elle laissa retomber sa fourchette.

— Tu veux l'emmener à Mykonos ?

— Avec toi, précisa Nikos.

Marisa porta une main à sa gorge où son pouls s'était mis à battre à toute allure.

— Tu veux que je vienne avec vous ?

— Bien sûr. Niki commence à peine à me connaître, il est encore trop jeune pour être séparé de toi.

L'afflux d'adrénaline qui avait secoué Marisa se calma un peu. Bien que comprenant les raisons qui avaient poussé Nikos à feindre sa mort, elle ne pouvait lui pardonner de ne pas l'avoir contactée dès son retour à la vie officielle. Il l'accueillait chez lui en Grèce uniquement parce qu'elle était la mère de son fils. Et lui n'était le bienvenu dans sa famille qu'en tant que père de Niki. Elle ne voulait pas de lui autrement. Même s'il lui demandait à genoux de reprendre leur relation, elle lui rirait au nez !

Du moins en théorie, car chaque matin au réveil, une brusque panique la saisissait à l'idée d'avoir rêvé sa résurrection, et chaque seconde en sa compagnie la troublait au-delà de toute mesure. Comme en cet instant, d'ailleurs !

— Je t'en prie, *agapi mou*, laisse Niki venir chez moi. Il mérite de connaître ses racines. Il s'agit de son héritage.

Marisa sentit son cœur s'emballer en entendant le petit nom affectueux que Nikos lui donnait. Elle s'efforça de ne pas y accorder d'attention ; il lui avait probablement échappé.

— Comment pourrais-je m'opposer à de tels arguments ?

Marisa était émerveillée de voir le lien qui s'était immédiatement établi entre père et fils. Priver Niki d'une si belle relation lui était impossible, quel qu'en soit le prix pour elle.

Et cela lui coûtait beaucoup.

— Alors tu viendras ?

Marisa se força à sourire. Elle avait passé des week-ends avec Nikos dans nombre de ses propriétés. Cependant l'invitation à séjourner dans son véritable foyer, sur l'île où il était né et avait été élevé, Mykonos, là où vivait sa famille, n'était jamais venue.

— Bien sûr, nous viendrons.

Un large sourire illumina le visage et les yeux de Nikos.

— Excellent. Je vais prendre les dispositions nécessaires.

6.

Nikos toisa le gérant debout devant son bureau.

— Je pensais avoir été clair en vous engageant. Mes clubs ont une politique de tolérance zéro concernant la drogue.

Le visage de Toni exprima un mélange de crainte et de fierté blessée.

— Bien sûr. Nous faisons de notre mieux, mais ne pouvons pas être tenus responsables du comportement des clients.

— Point sur lequel nous sommes en désaccord. Vous n'avez pas tenu compte de mes consignes en mon absence.

— Je n'ai…

— Ne m'interrompez pas, s'il vous plaît. Ce que font nos clients à l'extérieur ne nous regarde pas, à moins qu'ils arrivent visiblement sous influence, auquel cas nous les refoulons. Autrement, la règle est claire, tout le monde est fouillé à l'entrée, et toute drogue confisquée et détruite. Ceux qui s'y refusent restent dehors quel que soit leur statut, y compris s'il s'agit d'un fonctionnaire ou d'une rock star. Il y a d'autres endroits plus tolérants en ville pour eux.

Nikos sortit alors d'un tiroir de son bureau un petit sac de cuir qu'il avait pris à un jeune homme sur la piste de danse.

— Il y a là de quoi intoxiquer l'ensemble de la clientèle.

Ce sac ayant été introduit sous votre surveillance, vous êtes viré avec effet immédiat.

— J'ai commis cette seule erreur, protesta Toni.

— Apparemment pas. Le nombre d'incidents relatifs à la drogue en lien avec ce club n'a cessé d'augmenter, selon mes contacts dans la police. Vous avez choisi de fermer les yeux, c'est votre problème. En ce qui me concerne, notre collaboration s'arrête ici. Sortez, maintenant.

Voyant Toni serrer les mâchoires, Nikos crut un instant devoir employer la force, mais le gérant se ravisa et claqua la porte derrière lui. C'était le deuxième qu'il renvoyait en cinq jours pour la même raison. Il n'avait cependant pas passé dix-huit mois en complet isolement dans le but d'empêcher le cartel d'empoisonner sa clientèle pour que ses employés permettent l'introduction de drogue dans ses clubs !

Fort de son bon droit, Nikos rejoignit la section VIP où de vieux amis l'attendaient pour célébrer sa résurrection. Le champagne coulait à flots, les conversations roulaient bon train et, bien entendu, de ravissantes créatures flirtaient sans détour avec lui.

Pourtant, ce soir-là comme les précédents, il ne s'amusait pas. Au lieu de se sentir un élément du groupe, Nikos avait l'impression d'être un étranger regardant les autres faire la fête. La gaieté, l'excès de boisson, les discussions, tout lui paraissait superficiel. Et pire, après s'être promis de profiter de son retour à la société pour se livrer à une débauche de plaisirs, il n'éprouvait pas la moindre attirance pour les jeunes femmes que ses amis avaient invitées. Il voyait en surimposition sur chacune le beau visage sain de Marisa.

Et il ne pensait qu'à une chose : Dans deux nuits, elle serait à Mykonos avec lui. Leur relation n'avait pas atteint sa fin naturelle. Le désir n'avait pas eu l'occasion de s'éteindre de lui-même. Tant que cela n'aurait pas lieu, il ne pourrait pas tourner la page.

Inutile donc de compliquer la situation en se lançant dans une liaison éphémère dont il n'avait pas envie. Certes, Nikos voulait retrouver sa vie légère et insouciante d'antan, mais ce ne serait pas possible tant que sa relation avec Marisa resterait une affaire inachevée.

Dès sa descente de l'avion, Marisa sentit son pouls s'accélérer à la vue de la silhouette négligemment appuyée contre la limousine noire garée sur le tarmac.

La présence de Nikos dans sa vie au cours de la semaine écoulée s'était réduite à deux passages de quelques heures. Même si elle avait apprécié qu'il prenne le temps de faire l'aller-retour en avion, son absence ne lui avait ni apporté le soulagement espéré, ni permis de porter un regard plus objectif sur leur situation.

Chaque matin Marisa devait se retenir d'attraper son téléphone pour appeler Nikos afin de s'assurer qu'il était bien vivant. Et, pire, elle sentait son cœur s'emballer lors de ses visites quand son regard s'attardait sur elle. Une délicieuse sensation trop longtemps oubliée, mais aussi terrifiante car, malgré ses efforts pour la combattre, elle menaçait de la priver de toute maîtrise comme pendant leur déjeuner au restaurant.

Nikos s'avança vers eux, un sourire lumineux aux lèvres. Vêtu d'un jean, d'un T-shirt et d'un blouson de cuir, il était superbe. Marisa s'efforça de refouler le souvenir de ses abdominaux finement sculptés qu'elle devinait sous le léger coton.

Au moment où il lui posa une main sur la hanche et où leurs joues s'effleurèrent, l'odeur boisée de son eau de toilette l'enveloppa. Dans la seconde suivante, il lui prit son fils des bras et lui planta un baiser sonore sur le bout du nez. Une chance, car leur bref contact lui avait liquéfié les jambes !

— Vous avez fait bon voyage ?

— Oui, excellent. Je te remercie de nous avoir envoyé ton jet.

Nikos souleva son fils dans les airs et lui embrassa le ventre. Niki gloussa de joie.

— Toujours le meilleur pour mon petit bonhomme et sa maman !

Pendant que le chauffeur chargeait leurs bagages dans le coffre, Nikos installa leur fils dans un siège auto dernier cri avec une adresse qui étonna Marisa. Il ôta alors son blouson, révélant des bras encore plus musclés que dans son souvenir, puis s'assit. Coincée entre la portière et lui, elle croisa les jambes. Cela lui évita le contact avec sa cuisse, sans hélas la soustraire à l'odeur virile de sa peau.

Peu après la sortie de l'aéroport, ils traversèrent une très jolie ville aux maisons dotées de murs d'une blancheur éclatante et de toits colorés. Marisa s'absorba dans la contemplation de la mer Égée scintillante de mille feux sous les premiers rayons du soleil couchant, et s'efforça de ne pas penser à son séduisant compagnon.

— Il s'est endormi.

Nikos semblait si déçu que Marisa ne put s'empêcher de rire.

— C'est toujours ainsi dès qu'il est en voiture.

— J'ai encore tant à apprendre sur lui, soupira Nikos.

— Tu connais déjà l'essentiel. Le reste n'est que détail. De toute manière il change sans cesse.

Ils roulèrent un moment en silence, puis Nikos déclara :

— Je te remercie de l'avoir amené. J'apprécie, car ce n'est pas facile pour toi de m'accepter dans ta vie après m'avoir cru mort si longtemps. Tu as fait preuve de beaucoup de courage face à toutes ces épreuves et au décès de ton père dont tu étais si proche.

Une boule obstrua soudain la gorge de Marisa. Perdre son père six mois après avoir perdu Nikos avait failli avoir raison de sa santé mentale.

— J'ai traversé une période extrêmement éprouvante. Sans Niki…

— Sans Niki ? demanda Nikos.

Marisa choisit ses mots avec soin afin d'éloigner la conversation d'elle.

— J'ignore ce que nous serions devenues sans lui. La suite de ma grossesse, puis sa naissance nous ont permis de nous concentrer sur lui. Maman était effondrée. Faire son deuil est un peu comme nager à travers un océan sombre parsemé des écueils du souvenir. Perdre une personne profondément aimée avec qui on a imaginé vieillir ressemble à une blessure physique dont la douleur se réveille à chaque respiration. Mais la présence d'un enfant, qu'il soit en gestation ou déjà adulte oblige à rester fort. Le besoin primaire de le protéger est si puissant qu'on enfouit le chagrin et tout sentiment au fond de soi.

Et on s'efforce de ne jamais les laisser ressortir.

Effrayée soudain d'en avoir trop révélé, Marisa détourna les yeux vers la vitre pour ajouter :

— C'est ainsi que maman a surmonté cette période, et continue de le faire. Les seules émotions qu'elle s'autorisait étaient d'ordre maternel. Elle était comme une lionne qui rugit pour protéger ses lionceaux.

Et Marisa aussi. Deux âmes meurtries qui tentaient désespérément d'étouffer leur détresse afin d'éviter à leurs enfants de sombrer avec elles.

Elle sentit le regard de Nikos posé sur son profil qui semblait chercher à le pénétrer pour lire ses pensées, mais ne dit rien de plus. Ce fut lui qui rompit le silence alors qu'ils approchaient d'un village pour annoncer qu'ils arrivaient chez lui.

Lorsqu'ils descendirent de voiture devant une haute villa de trois étages, Marisa comprit qu'il ne s'agissait pas d'un village, mais d'une immense propriété où une dizaine de maisons d'un blanc éclatant étaient disposées en fer à cheval autour de la résidence principale. Au loin s'élevaient de petites collines à la végétation spartiate mais on entendait le bruit des vagues se brisant sur une plage proche. Des bougainvilliers égayaient les façades de leurs couleurs vives et une profusion d'arbustes séparaient les villas.

Le plaisir de Marisa à la vue de l'univers paradisiaque que s'était construit Nikos se teinta aussitôt d'amertume. Elle avait si souvent rêvé de l'accompagner ici au cours des mois où elle était éperdument amoureuse de lui. Ses nombreuses allusions à un voyage sur l'île ensemble avaient dû être trop subtiles puisqu'il n'en avait relevé aucune. Il avait chaque fois une excuse plausible pour ne pas l'inviter lors de ses visites chez lui. Elle les avait acceptées, étouffant un doute obsédant. S'il était aussi sérieux qu'elle le croyait, il aurait dû vouloir lui montrer sa maison.

Mais au fond d'elle, Marisa savait qu'il ne la voulait pas sur son île. Sinon, au lieu de se contenter d'allusions, elle lui aurait demandé sans détour de l'emmener. Se taire était son moyen d'éviter un refus clair et net, de continuer à croire qu'ils étaient destinés à être ensemble.

Elle lui avait ouvert sa maison, ses parents l'y avaient accueilli à bras ouverts. Il n'avait jamais offert la réciprocité, et elle l'avait ignoré. Comment avait-elle pu être aussi volontairement aveugle ?

Nikos sortit son fils du siège auto. Debout à côté de la voiture, Marisa observait la villa. Les rayons du soleil sur sa chevelure formaient autour de son ravissant visage un halo bouclé doré. Sa beauté l'avait toujours fasciné et, à présent décidé de la suite à donner à leur relation, il savourait le pétillement que sa présence chez lui provoquait dans ses veines.

— Comment trouves-tu ma maison ? demanda-t-il en s'approchant d'elle.

Avant même qu'elle ne puisse répondre, Niki se jeta vers sa mère. Si Nikos ne l'avait pas tenu fermement, et si Marisa n'avait pas réagi au quart de tour, leur fils serait tombé tête la première au sol. Dans la seconde suivante, ils le tenaient serré entre eux.

Pendant un bref instant, aucun d'eux ne bougea.

Leurs regards se croisèrent. Nikos vit les lèvres de Marisa s'entrouvrir et une légère couleur envahir ses joues. Il réprima une brutale envie d'écraser sa bouche sur la sienne, expérimentant un second moment de triomphe, car désormais sa suspicion était confirmée. Elle le désirait toujours autant.

Marisa sentit son cœur se mettre à battre à tout rompre sans savoir si la cause en était son casse-cou de fils ou Nikos qui la dévorait des yeux. Elle n'eut pas le temps d'en décider car Niki, inconscient d'avoir failli se fracturer le crâne au sol, se mit à gigoter entre eux et attrapa une poignée de boucles.

Elle dégagea ses bras pour lui saisir le poignet, mais il tendit aussitôt son autre main.

Cette fois, Nikos l'arrêta.

— Laisse les cheveux de maman tranquilles.

Il dénoua les petits doigts qui refusaient de lâcher prise, puis lui glissa la boucle libérée derrière l'oreille pour l'écarter de la menotte de Niki.

À ce contact, une vague brûlante déferla dans les veines de Marisa. Elle vit une lueur bien connue éclairer les yeux de Nikos, puis un sourire s'épanouir sur ses lèvres. Enfin, il lâcha son fils, et recula d'un pas avant de murmurer :

— Nous sommes passés à deux doigts de la catastrophe.

La chute possible de leur fils en aurait certes été une, mais ayant vu l'expression de Nikos identique à celles d'autrefois lorsqu'il s'apprêtait à l'embrasser, elle se demanda s'il ne s'agissait pas aussi d'une allusion déguisée.

Marisa installa Niki sur sa hanche, priant pour que les battements de son cœur se calment. Nikos avait dû lancer de tels regards à des dizaines d'autres femmes. Si elle n'avait pas été une vierge naïve, prête à tomber amoureuse, elle aurait su d'emblée que c'était une attitude de séducteur et qu'elle n'avait rien de spécial à ses yeux. Cela lui aurait peut-être permis de mieux se protéger.

L'amour et le romantisme n'avaient jamais été des priorités aux yeux de Marisa. Ayant été très tôt certaine de vouloir intégrer la société familiale, elle avait pris très au sérieux la recommandation de son père : travailler dur pour gagner sa place. Elle avait donc étudié avec ferveur au lycée, consacrant ses vacances à suivre son père comme son ombre dans les entrepôts, les bureaux ou sur les quais afin d'apprendre chaque facette des affaires. Ensuite, elle s'était inscrite à l'université de Valence pour rester en contact étroit avec Lopez Shipping. Une fois ses diplômes obtenus, elle avait pris la place qui l'attendait aux côtés de son père. Sa vie était parfaite : la carrière de son choix et une bande d'amis fidèles.

Marisa ne voulait, ni n'avait besoin, de rien d'autre.

Puis elle avait rencontré Nikos et était tombée follement amoureuse.

Un homme en uniforme sortit à ce moment de la villa. Nikos le lui présenta comme Angelos, son majordome.

D'autres employés les attendaient à l'intérieur. Marisa s'efforça de retenir leurs prénoms et leurs rôles, mais cela s'avéra difficile car Niki s'agitait, réclamant son entière attention.

Les présentations terminées, elle suivit Nikos dans un immense salon au sol en marbre blanc où quatre canapés définissaient des espaces de vie différents. Une arche donnait sur d'autres pièces en enfilade, avec au bout la mer visible à travers une grande baie vitrée.

Quel changement par rapport à la maison de ses parents à Valence, de type traditionnel espagnol avec des pièces nettement séparées, beaucoup de meubles et de couleurs ! Chez Nikos, on était d'emblée frappé par une impression de clarté, à la fois lumineuse et chaleureuse.

Sans attendre le maître des lieux, Marisa franchit l'arche. Là se trouvait un salon plus familial prolongé par une très grande terrasse qui surplombait une piscine à débordement semblant se fondre en son extrémité dans la mer Égée.

— Alors, qu'en penses-tu ?

— C'est superbe.

Un sourire heureux illumina le visage de Nikos.

— Viens, je vais te montrer la propriété.

Marisa s'efforça de maintenir son attention sur les lieux plutôt que sur son guide qui, en restant très près d'elle, mettait ses sens en ébullition. En particulier lorsqu'il lui posa une main au creux des reins pour la guider vers l'aire de jeux récemment installée pour leur fils. Il le lui prit alors des bras, non sans avoir capturé au passage son regard. Dans ses yeux brillait une lueur reconnaissable entre toutes, celle qui ne manquait jamais de lui allumer un brasier dans le ventre à la perspective de ce qu'elle annonçait.

La propriété de Nikos comprenait un pavillon spa, un centre d'affaires, un cinéma en plein air, une salle de jeux ouverte près du petit bassin de la piscine et une autre piscine assez grande pour appartenir à un complexe hôtelier.

Lorsqu'ils revinrent dans la villa, une femme d'âge mûr les attendait dans l'entrée, une valise à ses pieds, en compagnie du majordome. Nikos échangea quelques mots avec elle en grec avant de la lui présenter :

— Marisa, voici Seema. Je l'ai engagée comme nourrice pour Niki le temps de votre séjour ici.

Nikos lut la surprise dans les yeux de Marisa, mais elle tendit la main à Seema.

— Je suis enchantée de faire votre connaissance.

— Moi de même, répondit la nourrice avant de se tourner vers leur fils : Et tu dois être Niki.

L'enfant enfouit aussitôt sa tête dans le cou de son père, refusant de la regarder.

— Je ne comprends pas, déclara Nikos à Marisa, il est si sociable d'habitude.

— Pas d'emblée. Il a toujours besoin d'un peu de temps pour s'habituer aux nouveaux venus.

— Pourtant, il est venu dans mes bras sans faire d'histoire dès le premier jour.

— C'était la première fois qu'il faisait ça. Il a peut-être senti que tu étais son père.

Nikos se rengorgea de fierté, pendant que Marisa poursuivit à l'intention de la nourrice :

— Ne vous inquiétez pas, il sera très vite à l'aise avec vous. Pour l'instant, cette maison inconnue l'intimide. Je m'occuperai de lui ce soir. Tout ira mieux demain.

Seema chercha l'approbation de Nikos car ses ordres avaient été très clairs. Elle devait s'occuper de leur fils pendant toute la semaine, en particulier le soir et la nuit. Sentant le regard perçant de Marisa, il acquiesça de la tête.

— Angelos va vous montrer votre chambre et les installations. Si nous avons besoin de vous ce soir, nous vous appellerons.

Seema prit congé d'eux, puis partit à la suite du majordome.

Marisa attendit qu'ils soient hors de portée de voix pour lancer, sans dissimuler son irritation :

— Tu n'avais pas le droit d'engager une nourrice sans me demander mon avis.

— J'ai tous les droits. Je suis le père de Niki.

— Et moi sa mère, et je suis ici *seulement* pour cette raison.

— Seema a d'excellentes références. Elle s'est occupée d'enfants de familles royales.

— Peu m'importe ! Tu n'as pas le droit de prendre des décisions concernant Niki sans m'en parler. Tu es son père, certes, mais tu ne le connais pas suffisamment pour savoir ce qui lui convient le mieux.

Nikos, qui s'était attendu à des reproches, mais pas à une telle agressivité, rétorqua :

— Qui *lui* convient ou qui *te* convient le mieux ?

Sous l'effet de la colère, les joues de Marisa s'empourprèrent.

— Comment oses-tu ?

— Tu ne le quittes pratiquement jamais. Tu l'emmènes partout, même à nos rendez-vous d'affaires. Tu ne le confies qu'à ta mère ou à Estrella. Tu décides de tout pour lui. Tu es une véritable maniaque du contrôle en ce qui le concerne.

Sans compter que Marisa était exténuée – les cernes sous ses yeux en étaient la preuve – et ne pourrait jamais se reposer réellement si elle continuait à se lever à l'aube pour prendre soin de Niki.

Bien sûr, engager une nourrice pour la soulager lui

donnerait aussi plus d'occasions de la séduire, mais cela était secondaire.

En attendant, à voir son regard assassin, Nikos fut certain qu'elle l'aurait volontiers souffleté. Une chance qu'il ait Niki dans les bras !

— M'occuper de Niki est mon travail !

— Oui, mais tu ne te reposes jamais ni ne prends de temps pour toi.

— Je suis une mère. Ça fait partie de la fonction.

Une image de sa propre mère s'imposa à Nikos et, avant de pouvoir se retenir, il répliqua :

— Par pour toutes les mères.

Toutes n'éprouvaient pas ce besoin de protéger leurs enfants comme Marisa ou Rosaria, certaines ne ressentaient rien pour eux.

La colère disparut du regard de Marisa. Son ton s'adoucit.

— À l'avenir, consulte-moi avant de prendre une décision concernant notre fils.

— La réciproque est-elle aussi valable ? la défia-t-il. Car il me semble que c'est toi qui prends toutes les décisions.

— Parce que j'ai gagné ce droit pour l'avoir élevé seule pendant onze mois. Ceci dit, je comprends ton point de vue. Donc si tu désapprouves mes décisions nous en discuterons.

— Et qui aura le dernier mot ?

— La logique, faute de quoi ce sera moi.

Nikos dut se retenir de lui renvoyer quelques vérités bien senties. Même si Niki soit trop jeune pour comprendre leur échange, il sentirait sans aucun doute les vibrations d'une dispute entre eux. En aucun cas, il ne voulait que son fils soit témoin d'une dispute entre ses parents.

Refoulant son amertume, il indiqua l'escalier.

— Je vais te montrer vos chambres.

7.

Arrivée en haut des escaliers, Marisa reprit Niki, comme pour se protéger de ses émotions bouillonnantes.

Il était normal que Nikos fasse valoir son autorité parentale, en revanche la force de sa propre réaction la surprenait. Jusque-là elle avait géré seule la vie de son fils. Et pour cause, Nikos était mort ! En cas de doute, elle demandait son avis à sa mère, mais la décision finale lui revenait toujours. Apparemment, ce ne serait plus le cas.

La colère de Marisa en apprenant que Nikos avait engagé une nourrice était d'autant plus importante qu'il le lui avait annoncé à un moment où elle était en position de vulnérabilité, à savoir chez lui en train de combattre l'effet de sa présence sur elle, et sans lui avoir expliqué ses raisons au préalable. Or ces raisons la déstabilisaient.

De quel droit se souciait-il de son bien-être, de son repos, alors qu'il ne tenait pas à elle ?

Pourtant, Nikos la désirait. Marisa en était certaine depuis leur déjeuner en tête à tête à Valence. Aussi à son regard sensuel lorsqu'il lui avait posé une main au creux des reins.

— Voici ta chambre, déclara-t-il, interrompant ses pensées.

À son entrée dans la pièce, Marisa vit son reflet dans un grand miroir en pied. Celui d'une femme, son enfant au bras.

Une mère. Une fille. Une sœur.

Mais avant tout, une femme.

Puis elle surprit le regard de Nikos. La lueur glaciale qui y était apparue pendant leur discussion échauffée avait laissé place à une autre…

Dans la seconde suivante une nuée de papillons s'ébattit dans son ventre.

Marisa détourna rapidement les yeux. La pièce était grande, claire, et blanche comme le reste de la maison. Ici, en revanche, se trouvaient des objets de décoration déclinés dans une harmonie de rouge et d'orange qu'elle adorait. Ces touches colorées auraient-elles été ajoutées à son intention ?

Elle se tourna vers Nikos. Debout devant la baie vitrée, il la regardait.

— Alors, qu'en penses-tu ?

— Cette chambre est parfaite. Merci.

La lueur brillante de ses yeux la poussa à serrer davantage encore son fils qui, inconscient des courants d'énergie sous-jacents, babillait joyeusement en découvrant ce nouvel univers.

— Où va dormir Niki ? demanda-t-elle.

Un demi-sourire entendu aux lèvres, Nikos s'éloigna des fenêtres.

— En face. J'ai fait installer une nurserie. Viens voir.

La nurserie enthousiasma immédiatement Niki. Il gigota jusqu'à ce que sa mère le pose au sol et s'élança aussitôt vers un tas de cubes posés au sol. En plus d'une multitude de jouets, la pièce contenait un dressing-room rempli de petits vêtements neufs. Marisa saisit cette occasion pour choisir une tenue et le changer avant le dîner. Distraction qui aurait été la bienvenue si Nikos n'en avait pas profité pour se poster à côté d'elle.

Il était si proche que Marisa sentait la chaleur de sa

peau contre la sienne tandis qu'il lui tendait tour à tour les produits de toilette, une couche propre puis chaque article de sa tenue. Du coup, ce qui aurait dû lui prendre deux minutes tout au plus lui en prit le double tant dans son trouble ses doigts redoublaient de maladresse.

Alors qu'elle bataillait pour enfiler des chaussettes sur les pieds dodus de son fils, le téléphone de Nikos vibra. Il s'éloigna pour prendre l'appel.

Immédiatement, Marisa relâcha l'air de ses poumons en une longue expiration sonore contre le ventre de Niki. Le bambin, croyant à un jeu, gloussa de joie. C'était cependant le seul moyen qu'elle avait trouvé pour retenir des larmes de frustration tant elle s'en voulait de désirer si ardemment l'homme qui l'avait aussi mal traitée.

— Mon grand-père est revenu, déclara soudain Nikos derrière elle. Niki est prêt ?

— Oui.

Et Marisa s'écarta pour laisser Nikos prendre son fils. Tout en les suivant hors de la pièce, elle demanda :

— Quand tu dis que ton grand-père est revenu, veux-tu dire qu'il habite ici ?

— Oui, dans la villa la plus proche du spa. Il aurait pu s'installer dans une aile de celle-ci, mais il préfère recevoir ses compagnes féminines en toute intimité.

— Je n'avais pas réalisé, dit-elle d'un ton aussi neutre que possible tout en descendant l'escalier à sa suite.

Et pour cause, Nikos ne lui avait jamais dit que son grand-père vivait avec lui.

— Réalisé quoi ? Que mon grand-père a encore une vie sexuelle active ? Entre nous, c'est un point auquel je m'efforce de ne pas penser.

Marisa sourit face à l'humour pince-sans-rire de Nikos.

— Non, qu'il habite avec toi. Est-ce récent ?

— Il a emménagé lorsque j'ai eu fini la rénovation, il y a huit ans.

— Qu'est-ce qui t'a fait choisir d'acheter cette propriété ? Sa vue ?

Nikos eut un petit sourire pincé.

— Je l'ai héritée de ma mère.

Marisa ne put dissimuler son étonnement.

— Je croyais que tu avais grandi à Chora ?

Elle se souvenait parfaitement l'avoir entendu dire qu'il habitait la capitale de l'île de Mykonos.

— Cette maison a été mon foyer jusqu'à l'âge de six ans.

— Ça a dû être un grand changement pour toi. Tu as déménagé pour être scolarisé là-bas ?

— Non. Mon grand-père a obtenu ma garde. Stavros a pris soin de moi enfant, maintenant c'est à mon tour de prendre soin de lui.

Nikos avait été enlevé à ses parents ? De stupeur Marisa resserra les doigts sur la rampe. Elle n'eut cependant pas le temps de lui demander de détails car il accéléra le pas pour accueillir Stavros qui les attendait dans le hall.

Le grand-père de Nikos devait avoir dans les quatre-vingts ans à en juger par son épaisse tignasse blanche et son visage bronzé aux traits burinés. À sa manière de s'élancer vers son petit-fils, il avait en revanche l'énergie d'un homme beaucoup plus jeune.

Comme Nikos faisait les présentations, Marisa fut surprise de voir ses yeux d'un bleu très clair prendre une teinte carrément glaciale lorsqu'il les posa sur elle. Son léger baiser sur la joue fut aussi empreint d'une froideur certaine qui la rendit immédiatement nerveuse. C'était la première fois qu'elle sentait une antipathie aussi flagrante et instantanée à son égard.

Que diable avait-elle fait pour la mériter ? Stavros aurait-il des préjugés contre les Espagnoles ou les rousses ?

Si tel était le cas, elle fut soulagée de constater que son hostilité ne s'étendait pas à son fils.

Marisa comprenait mieux le grec qu'elle ne le parlait. Apprendre la langue de Nikos pendant sa grossesse afin de pouvoir l'enseigner plus tard à son fils avait été son seul dérivatif. Son niveau cependant était insuffisant pour entreprendre une conversation afin de briser la glace entre Stavros et elle. Heureusement, le vieil homme n'avait pas besoin de mots pour communiquer avec son arrière-petit-fils.

Au début, tout comme avec la nourrice, Niki se montra timide. Loin de se laisser décourager, tout en discutant avec Nikos, Stavros s'assit sur le sol du salon et attendit patiemment que leur fils s'habitue à sa présence. Il en fut vite récompensé car, quelques minutes plus tard, Niki grimpa sur ses genoux et explora sa chevelure de ses petits doigts.

Pas un instant, cependant, le vieil homme n'essaya de communiquer avec Marisa. Comme elle gardait les yeux résolument fixés sur Niki en train de jouer à présent avec son aïeul à emboîter des formes sur les faces d'un cube coloré que Stavros lui avait apporté, elle sentit le regard de Nikos lui brûler la peau. Si seulement elle pouvait ne pas être aussi consciente de sa présence ! Un vœu bien pieux…

Voir les deux générations absorbées par leur tâche lui ramena à l'esprit la réflexion de Nikos. Comment l'homme qu'elle avait aimé pendant six mois n'avait-il pas jugé utile de lui dire qu'il avait été placé sous la garde de son grand-père ? C'était tout de même une information capitale ! À vrai dire, tout ce qu'il avait révélé sur son passé avait été lâché – plus que confié – incidemment, et il avait aussitôt détourné la conversation sur elle. Il avait toujours fait cela de manière si subtile que Marisa avait cru qu'il s'intéressait vraiment à chaque aspect de sa vie et en avait été flattée.

À présent, elle comprenait qu'il s'agissait d'une tactique destinée à l'empêcher de lui poser des questions sur lui.

Angelos venant annoncer que le dîner était servi mit un terme aux pensées de Marisa. Sur la terrasse où la table avait été dressée, Stavros prit d'autorité le siège le plus proche de la chaise haute, et insista pour faire manger lui-même à Niki la purée de légumes préparées à son intention. La grimace quasi instantanée de son fils fit regretter à Marisa, assise face à lui, de ne pas avoir d'appareil-photo à portée de main pour l'immortaliser, mais déjà il crachait avec force la bouillie verte sur la chemise blanche de Stavros.

Pour la première fois depuis qu'il lui avait été présenté, le vieil homme la regarda droit dans les yeux. Il éclata alors de rire, et tous en firent autant.

Lorsqu'ils se furent calmés, Nikos donna à son fils un petit pain et une banane.

— Y avait-il de la courgette dans cette purée ? demanda Marisa tandis qu'ils entamaient leur dîner.

Nikos sourit béatement. C'était son premier repas avec son fils sous son propre toit. Un mois plus tôt, il n'aurait jamais imaginé qu'un acte aussi ordinaire puisse lui procurer une telle joie.

Il avait souvent mangé avec lui à Valence, mais toujours en compagnie de la famille de Marisa. Aussi accueillantes et aimables que sa mère et sa sœur – lors des occasions où Elsa s'était jointe à eux – aient été envers lui, il avait toujours su qu'elles l'auraient volontiers étranglé si elles avaient eu la certitude de s'en sortir sans passer par la case prison. Étrangement, il n'avait jamais perçu cela de Marisa, mais à l'époque, elle lui portait une indifférence affichée telle une armure.

Il se demanda si elle était consciente d'avoir perdu cette armure. Ou si elle comprenait que, chaque fois qu'elle lui parlait, ses doigts s'enroulaient autour d'une de ses boucles.

En tout cas, l'avoir assise près de lui intensifiait son plaisir. Marisa était très belle, mais à la lumière des étoiles et des bougies, sa beauté prenait un aspect surnaturel.

Nikos but une gorgée de vin avant de répondre à Marisa :

— Je n'ai aucune idée de ce que le chef a utilisé. Je lui dirai dès demain d'oublier les courgettes.

— Tant que tu y es, ajoute les poivrons et les aubergines à la liste, lança-t-elle en riant et en entortillant une mèche autour d'un doigt. Je lui ai récemment préparé une ratatouille spécialement recommandée pour les bébés. Tu aurais vu sa tête, on aurait cru que je cherchais à l'empoisonner !

— Je n'en reviens pas que tu aies appris à cuisiner.

— Seulement de la nourriture pour enfants, se hâta-t-elle de lui rappeler avant de ramener les yeux sur son assiette.

Un exemple supplémentaire de dévouement pour leur fils…

Si Nikos se fiait à ses souvenirs, sa propre mère ne lui avait jamais préparé un repas. Elle était en général bien trop occupée à se concocter des cocktails de drogues pour songer à cuisiner tout court ou même à nourrir son fils. Il se revit, tout petit, le ventre gargouillant, vaciller sur un tabouret pour attraper de la nourriture dans un placard. Dieu merci, jamais son fils ne vivrait une expérience aussi traumatisante car Marisa était l'exact opposé de sa mère.

Déterminé à ne pas laisser le passé lui gâcher la soirée, Nikos but une gorgée de vin.

Comme le personnel débarrassait leurs couverts, Marisa se leva :

— Je dois aller coucher Niki.

— Attends au moins le dessert.

Elle secoua la tête tout en sortant leur fils de sa chaise

haute. Nikos la regarda faire, fasciné par ses gestes aimants et assurés.

— On a déjà largement dépassé son heure habituelle.

— Seema pourra le mettre au lit demain soir, cela te permettra de rester avec les adultes.

— J'aime le faire moi-même.

— Tu aimes tout faire par toi-même.

— Uniquement ce qui concerne ce petit bonhomme.

Elle inclina Niki vers Stavros pour qu'il l'embrasse, puis effleura sa joue ridée du bout des lèvres. Ensuite, elle vint vers lui. Nikos en profita pour lui glisser un bras autour de la taille afin de la garder proche de lui.

— Bonne nuit, *moro mou*, dit-il à son fils en l'embrassant.

Marisa s'apprêtant à reculer, il la retint par la hanche.

— N'ai-je pas droit à un baiser du soir, *agapi mou* ?

Son expression se figea imperceptiblement.

— Bien sûr que si, répondit-elle.

Au moment où sa bouche se posait sur sa joue, il tourna légèrement la tête et leurs lèvres s'effleurèrent. Un instant fugitif, mais suffisant pour allumer un brasier en lui.

Marisa se redressa aussitôt, pressant son fils contre sa poitrine comme un bouclier. Leurs regards se croisèrent. Ses yeux exprimaient une accusation teintée de surprise, mais ses joues rosies trahissaient un tout autre sentiment.

— Bonne nuit, *agapi mou*, murmura-t-il. Dors bien.

— Toi aussi.

Sur ce, Marisa fit demi-tour puis disparut dans le salon.

Il fallut quelques secondes à Nikos pour reprendre contenance. Il remplit alors le verre de son grand-père et le sien de vin.

— Ton fils a déjà un sacré caractère, déclara Stavros avec un petit rire fier.

Nikos sourit, le corps encore vibrant après ce baiser furtif.

— Je ne pensais pas vivre assez longtemps pour que tu me donnes un jour un arrière-petit-fils.

— J'en suis aussi surpris que toi.

Le visage de Stavros se fit soudain sérieux.

— Tu dois l'épouser.

Cette déclaration sapa la bonne humeur de Nikos.

— Ce n'est pas nécessaire.

— Tu ne diras plus cela quand elle t'interdira de voir ton fils.

— Marisa ne fera jamais ça.

— Tu ne peux pas en être certain. Je t'ai élevé, mais elle ne m'a même pas averti de la naissance de Niki. Et ne me dis pas qu'elle ne savait pas comment me joindre, elle a les moyens financiers de me rechercher. Ces mêmes moyens lui permettront de s'assurer les services d'un ténor du barreau si elle décide de te couper de sa vie.

— Elle l'aime trop, et agira toujours au mieux de ses intérêts.

Même si Nikos avait répondu avec assurance, les paroles cyniques de son grand-père avaient atteint leur but. Il avait eu des pensées similaires.

— Ce *mieux*, comme tu dis, pourrait être de le tenir éloigné de toi. Donc le mieux pour lui, *et* pour toi, serait de te marier.

— Mes parents l'étaient. Cela n'a pas été bénéfique pour moi.

— Le mariage n'avait rien à y voir. La drogue était le problème.

— Ils se détestaient, avec ou sans drogue.

Et aucun d'eux ne se souciait de moi, se retint-il d'ajouter, soudain empli d'amertume.

— Ils se sont aimés au début, avant de se perdre sous son influence.

— Je n'ai que des souvenirs d'eux en train de se disputer.

Je ne veux pas exposer Niki à un tel comportement. Nous établirons donc un contrat de garde officiel lorsqu'il sera assez grand pour être séparé de sa mère pendant un certain temps.

— Et ce sera quand, à ton avis ? rétorqua Stavros. Elle ne le quitte jamais et veille sur lui comme une mère possessive. Il se passera des années avant qu'elle accepte de te le confier en dehors de sa présence.

La justesse de cette réflexion rappela aussitôt à Nikos la manière dont Marisa avait pâli en l'entendant lui demander d'emmener Niki à Mykonos. De son propre aveu, elle aimait s'occuper de lui en permanence, et détestait voir ses décisions envers lui être remises en cause.

Mais de là à l'épouser ?

— Il te reste donc à espérer qu'elle accepte d'établir un contrat garantissant tes droits, ajouta Stavros.

— Elle le fera.

En dépit de son ton assuré, Nikos ne se sentit pas convaincant.

— Tu détestes l'idée du mariage, je le sais, mais votre union n'a pas à durer une éternité.

Nikos ramena les yeux sur son grand-père. Son mariage s'était terminé quatre décennies plus tôt quand sa femme s'était éteinte suite à un cancer. Du peu que Stavros lui avait confié, il en avait déduit que leur union n'avait pas été très heureuse. Depuis, son aïeul avait eu de nombreuses compagnes, mais n'en avait épousé aucune.

Lorsque Stavros se retira pour la nuit, ses paroles restèrent dans l'esprit de Nikos. Elles avaient solidifié ses peurs. Un étau lui broyait la poitrine.

Trop tendue pour trouver le sommeil, Marisa ouvrit la baie vitrée, posa le babyphone sur la table de la terrasse, puis s'accouda à la balustrade.

La mer Égée scintillait sous la lune et ses vagues se brisaient en un doux murmure sur le sable de la plage privée de Nikos. Elle respira l'air iodé, s'efforçant d'oublier la sensation de sa bouche sur la sienne. Aussi furtif qu'ait été leur baiser, il lui avait enflammé les sens. À ce souvenir s'ajouta celui du ton sensuel de Nikos lorsqu'il lui avait souhaité une bonne nuit. Immédiatement, un frisson lui parcourut la peau.

Marisa s'abandonna quelques secondes à cette délicieuse sensation avant de se rappeler à l'ordre. Fantasmer sur Nikos n'était pas le but du voyage ! Le côtoyer du matin au soir tout en conservant le contrôle de ses réactions en sa présence, et son autorité en matière de décisions concernant son fils allait être un combat de tout instant. Heureusement, sa propriété était grande. Et magnifique ! Elle n'avait jamais imaginé qu'il s'était créé un tel paradis.

Un paradis cependant empli de secrets.

À quelques réflexions échappées à Nikos, Marisa avait deviné qu'il n'avait pas eu une jeunesse aussi idyllique que la sienne. Mais il n'avait jamais fait la moindre allusion au fait que son grand-père se soit vu attribuer sa garde.

Elle passa en revue ce qu'elle savait de personnel sur lui. Il avait été scolarisé à Chora jusqu'à ses quatorze ans, âge auquel *sa famille* l'avait envoyé dans un pensionnat anglais. Sa connaissance se limitait là.

Marisa serra très fort les yeux dans l'espoir de chasser les images de Nikos qui ne cessaient de s'imposer à son esprit. En vain. Quoi qu'elle fasse, où qu'elle soit, ses pensées finissaient toujours par se cristalliser autour de lui. Et en cet instant, son corps entier était habité de milliers de vibrations familières. Le désir…

Décidément, toute maîtrise la désertait. Marisa rouvrit les yeux et se tournait pour rentrer dans sa chambre, lorsqu'elle remarqua une baie vitrée à quelques mètres de là. La terrasse desservait donc plusieurs pièces. Sa curiosité la poussa à aller y jeter un coup d'œil. Elle resserra la ceinture de son léger peignoir de soie et s'avança sur la pointe des pieds.

Les rideaux tirés l'empêchèrent de voir l'intérieur, mais sa peau soudain agitée de frissons la renseigna.

Nikos l'avait installée dans la chambre adjacente à la sienne.

En proie à une intense émotion, Marisa repartit vers sa portion de la terrasse.

8.

Il était déjà tard lorsque Nikos remonta dans sa chambre, l'esprit agité de sombres pensées après sa discussion avec Stavros.

Depuis que son grand-père avait évoqué la possibilité d'une action de Marisa pour le séparer de son fils, son propre malaise jusque-là sous-jacent avait fait surface avec force : sa toute-puissante autorité sur Niki représentait une menace.

Nikos s'inquiétait aussi qu'elle puisse, comme sa propre mère l'avait fait, se désintéresser à son tour de lui. À ce moment, son amour féroce pour leur fils ferait d'elle une redoutable adversaire.

Nikos n'avait jamais reculé devant une bataille mais aucune n'avait eu pour enjeu un enfant. Aussi, même si la seule idée de mariage le répugnait, une union légale lui donnerait des droits le jour où ils finiraient par divorcer. Leurs avocats établiraient alors des modalités de garde et de visites, la séparation se passerait de manière civilisée. Son fils conserverait alors une vie équilibrée entre deux parents qui l'aimaient. Deux choses dont lui-même avait manqué et souffert.

Épouser Marisa était donc impératif.

Fort de cette résolution, Nikos ouvrit avec précaution la porte de la nurserie et s'approcha du berceau sur la pointe des pieds. Il contempla le visage serein de son fils, caressa sa joue à la peau si douce, puis lui déposa un baiser sur le front.

— Dors bien, *moro mou*, murmura-t-il.

Niki faisait partie de sa vie depuis très peu de temps, mais Nikos savait déjà qu'il ferait tout pour assurer son bonheur. Y compris épouser sa mère.

Tout ce qu'il lui restait à faire était de la convaincre.

Comme il refermait doucement la porte de la nurserie, un sourire satisfait fleurit sur les lèvres de Nikos, et son corps se mit à fourmiller en anticipation. Il connaissait le meilleur moyen d'obtenir son accord.

Marisa se renfonça dans le fauteuil de la terrasse, et soupira de soulagement. Lorsque la lumière verte du babyphone s'était allumée, indiquant un mouvement dans la nurserie, prise d'une brusque angoisse, elle avait été sur le point de se précipiter dans la pièce, puis avait entendu la voix de Nikos.

Malgré le démantèlement du cartel, sa paranoïa de l'année précédente restait bien présente.

Elle se détendait enfin lorsque la baie vitrée voisine s'ouvrit. L'ombre d'une silhouette se projeta alors sur le marbre baigné par la lune. Le cœur battant soudain à tout rompre à la vue de Nikos, Marisa resserra les pans de son peignoir sur son pyjama composé d'un short en soie et d'un caraco.

Nikos posa sur la table une bouteille de vin blanc et deux verres.

— Je croyais que tu étais fatiguée.

Le sourire illuminant son beau visage éveilla une nuée de papillons dans son ventre.

— Je n'arrivais pas à dormir.

— Ceci devrait t'aider.

Il rapprocha alors un fauteuil du sien, et remplit les verres.

— Tiens, dit-il en lui tendant un.

Marisa hésita. Rentrer se barricader dans sa chambre aurait été plus sage. Pourtant, passer un moment en tête à tête avec lui à la lumière des étoiles la tenta davantage.

Elle prit donc le verre, et remercia Nikos. Le vin, riche en arômes, était délicieux. Elle le savoura, les yeux dans le vague pour éviter de regarder l'homme assis si près d'elle que leurs genoux se touchaient presque.

— À quoi penses-tu ?

— À rien de particulier.

Voyant alors le regard dubitatif de Nikos face à ce mensonge évident, Marisa se hâta d'ajouter :

— Nous partageons cette terrasse ?

— Oui, ma chambre est adjacente à la tienne.

— Je vois.

— Allons, tu l'avais déjà deviné, répliqua-t-il d'un air entendu. Tu m'attendais.

Les joues soudain brûlantes, Marisa ne put le nier. En proie à un impressionnant cocktail d'émotions depuis son arrivée dans la villa, elle s'était attardée sur la terrasse dans l'espoir de retrouver un semblant de calme. Mais ce n'était qu'une excuse à ses propres yeux.

— Ne sois pas embarrassée, *agapi mou*.

Nikos reposa alors son verre sur la table, puis saisit son pied nu qu'il posa sur ses genoux.

— En fait, reprit-il, il me serait impossible de dormir en sachant que seule une cloison me sépare de toi.

Marisa renonça à répondre, se contentant d'essayer de respirer normalement. Elle ne trouva cependant pas la force de lui retirer son pied, dont il caressait les orteils d'un doux mouvement circulaire. Ni de détacher ses yeux des siens. Depuis le retour de Nikos, elle n'avait cessé de fuir son regard. La raison en était évidente en cet instant. Une fois prise dans son éclat, lui échapper était impossible.

— Il n'y a aucune honte à désirer quelqu'un, murmura-t-il.

Remontant alors sa main autour de sa cheville, il ajouta dans un souffle :

— Ni à admettre une défaite.

Marisa frissonna, à peine capable de respirer, tandis que Nikos poursuivait, la voix rauque de sensualité :

— Nous avons tous deux essayé de combattre l'inévitable, mais autant essayer d'empêcher la terre de tourner.

À quoi bon le nier ? Seul l'ego blessé de Marisa aurait eu envie de protester. En effet, cet homme lui avait brisé le cœur avant d'en piétiner sans pitié les miettes dès sa réapparition. Mais il ne pouvait la faire souffrir davantage.

Nikos vit les émotions se succéder sur le visage de Marisa. Elle résistait à la tentation, c'était évident à ses joues rosies, sa poitrine qui palpitait au rythme de sa respiration et dont les pointes dressées pressaient la fine soie de son peignoir. Il remonta donc sa main à l'intérieur de sa jambe.

— As-tu encore des sentiments pour moi, *agapi mou* ?

La gorge de Marisa bougea, mais elle ne répondit pas. Du genou, Nikos lui sépara les cuisses tandis que ses doigts atteignaient la lisière de son short.

— Car j'en ai encore pour toi. J'essaie de t'oublier, mais malgré ça je n'ai eu aucune maîtresse depuis toi.

Il glissa alors la main sous le short de Marisa puis, du pouce, caressa son intimité. La sentant trembler, il murmura :

— Je nous ai si souvent imaginés ensemble.

Comme elle semblait s'efforcer de se concentrer, il

intensifia sa caresse sur son bourgeon sensible jusqu'à ce qu'elle se cambre et respire de plus en plus vite.

— Je me souviens de ton odeur, murmura-t-il avant d'introduire un doigt au cœur de son intimité.

Un gémissement s'échappa des lèvres de Marisa.

— Je me souviens aussi combien nous étions heureux ensemble.

Elle se pressa contre sa main.

— Ne parle plus, murmura-t-elle.

Nikos titilla la pointe dressée de son sein, tout en continuant de la caresser avec une lenteur voulue, la maintenant au bord du plaisir. Soudain elle renversa la tête en arrière et s'abandonna en haletant.

Le cœur de Marisa battait à tout rompre après cet orgasme foudroyant. Toutefois, loin de combler son désir il l'avait attisé. Son besoin de sentir Nikos en elle était encore plus intense.

Se penchant, il lui passa un bras autour de la taille. Les yeux plongés dans les siens, Marisa approcha son visage jusqu'à ce que leurs souffles se mêlent, que l'odeur de sa peau l'envahisse.

La bataille était finie. Elle avait perdu.

Mais elle avait gagné sur un autre plan. Pour la première fois depuis la « mort » de Nikos, Marisa se sentait elle-même à nouveau. Une femme dotée de désir, pas seulement une mère, une fille ou une sœur.

Une femme à part entière.

Sa nature sensuelle – que seul Nikos avait connue – hibernait depuis le jour de sa disparition, mais il venait de la réveiller. À présent, il avait libéré son besoin de lui, celui-là même qui la poussait à le supplier de la prendre, autrefois.

Nikos ne pourrait plus la blesser. Marisa le savait. La douleur qu'il lui avait infligée était inégalable. En revanche, il pouvait lui offrir du plaisir. Un plaisir que personne d'autre ne serait jamais capable de lui procurer.

Nikos plongea les yeux dans le brun velouté de ceux de Marisa. Son corps frissonnait après son orgasme. À sa respiration encore haletante, il eut la certitude qu'elle le désirait. Cela ne fit qu'intensifier son propre désir. Il devait cependant se retenir, ce qui devenait de plus en plus difficile.

Désireux de prolonger cet instant privilégié, Nikos posa une main sur le sein de Marisa, sentant sa rondeur ferme dans sa paume, et son cœur murmurer sous sa peau. Il ferma alors les yeux, tandis qu'une poussée de désir lui lacérait le ventre. Après dix-neuf mois de célibat, il se sentait dans la peau d'un adolescent surexcité à la perspective d'emmener, pour la première fois, une femme dans son lit.

Pourtant même à l'époque Nikos n'avait pas été la proie d'un tel désir. Ce qui s'en rapprochait le plus était son premier soir avec Marisa. Le moment le plus enivrant, le plus érotique de sa vie. Le fait qu'elle soit vierge et l'ait fait attendre un mois entier avait probablement amplifié son effet sur lui. Du moins l'avait-il pensé alors. Or, non seulement son intérêt n'avait pas diminué, mais plus ils se découvraient, meilleure était leur entente. Toujours plus profonde, toujours plus intense.

En dépit de son abstinence d'une longueur exceptionnelle, son corps s'en souvenait. Chacune de ses cellules vibrait d'anticipation.

Nikos vit les lèvres entrouvertes de Marisa s'approcher des siennes. Dès la seconde où il goûta leur saveur, toute idée de calmer ses ardeurs le déserta. Il prit alors possession de sa bouche en un baiser passionné.

Leurs langues se mêlèrent en une danse d'un érotisme absolu. Nikos s'abandonna si totalement à la sensualité de l'instant qu'il mit quelques secondes à comprendre que Marisa était passée sur ses genoux. Lui empoignant alors les fesses, il la souleva et l'emmena, jambes enroulées autour de sa taille, jusqu'à la chambre.

Le stade de la cour tendre largement dépassé, ils s'arrachèrent leurs vêtements avec une hâte qui aurait été indécente pour d'autres qu'eux. S'agenouillant entre les jambes de Marisa, Nikos lut dans ses yeux et son visage enfiévré un désir aussi intense que le sien. Décidé à se retenir le plus longtemps possible, il prit alors ses seins en coupe, leur prodigua à tour de rôle ses attentions, savourant l'odeur toujours si familière de sa peau. Elle se tendit vers lui, se pressa contre son érection, puis murmura :

— Je t'en prie, Nikos, prends-moi.

Cette phrase eut raison de lui. Nikos pénétra Marisa en une vigoureuse poussée et les emporta dans un tourbillon de plaisir.

Un léger souffle d'air venu de la terrasse caressa la peau de Nikos. Allongée sur le dos à côté de lui, Marisa était silencieuse.

Avant, dès qu'il roulait sur le côté, Marisa se blottissait contre lui, posait sa tête sur son torse et, bien qu'elle ne l'ait jamais formulé, il savait qu'elle écoutait les battements de son cœur. Cela lui avait toujours procuré une sensation à la fois déroutante et réconfortante. Elle le caressait aussi, humait sa peau, souriait et murmurait qu'elle l'aimait. Il ne l'avait jamais crue, mais en avait toujours éprouvé une émotion presque douloureuse.

En ce moment cependant, Marisa était d'une immobilité surnaturelle.

Or elle était bien réveillée. Il le savait car, lorsque le sommeil la surprenait, elle se roulait en boule sur le côté. Nikos avait détesté ne plus sentir la chaleur de son corps quand elle s'éloignait ainsi. Souvent, il se réveillait enroulé autour d'elle, comme si son corps endormi l'avait cherchée. Cela ne lui était jamais arrivé avec une autre.

À vrai dire, tout était différent avec Marisa, à commencer par son cœur qui s'emballait toujours en sa présence...

Ce genre de pensée était la raison exacte pour laquelle Nikos avait été heureux de mettre un terme à leur relation. Il avait toujours d'étranges idées après avoir fait l'amour avec elle.

— À quoi penses-tu ? demanda-t-il.

Marisa mit quelques secondes avant de répondre :

— Pourquoi cette question ?

— Parce que cela ne te ressemble guère d'être aussi silencieuse après avoir fait l'amour.

— Nous n'avons pas partagé un lit depuis très longtemps, Nikos.

Elle se tourna alors vers lui pour ajouter :

— Ne devrais-tu pas rejoindre ta propre chambre, maintenant ?

— Tu veux que je le fasse ?

Marisa regarda à nouveau le plafond.

— Ce serait préférable.

— Pourquoi ?

— Niki se réveille très tôt parfois, et je le prends dans mon lit.

— Ne peux-tu pas le faire si je suis dedans ?

— Cela le perturberait.

— Comment ça ?

— Je ne veux pas qu'il nous croie comme les autres parents.

— Il est un peu jeune pour avoir ce genre de pensées.

— Soit, mais les enfants sont très sensibles aux situations. Il pourrait avoir des idées très nettes.

— C'est possible, concéda Nikos. L'une d'elles pourrait être le souhait de voir son papa et sa maman vivre ensemble.

Marisa s'assit au bord du lit, puis enfila son peignoir.

— Ne dis pas des choses pareilles.

— Pourquoi ? la défia-t-il. N'est-ce pas un souhait normal pour un enfant ?

— La normalité est différente pour chacun, déclara-t-elle en se levant.

L'instant suivant, elle était sur la terrasse, éteignait les lumières extérieures, puis rentrait après avoir fermé la baie vitrée.

À la lueur de la lune, Nikos vit Marisa poser le babyphone sur sa table de nuit et s'asseoir sur le lit, dos tourné.

— Je suis sincère, Nikos. Je ne veux pas prendre le risque de le perturber.

— Moi non plus.

— Parfait.

— Je ne veux que le meilleur pour lui, comme toi.

— Pour cette raison, je pense que nous devrions nous marier.

La raideur soudaine du dos de Marisa et la manière dont elle se retourna lentement, les yeux écarquillés, auraient été comiques, mais la situation était trop sérieuse pour que cela amuse Nikos. Depuis que son grand-père lui avait mis l'idée du mariage en tête, il savait devoir batailler pour obtenir l'accord de Marisa. Il était toutefois confiant en sa réussite. Le tout était d'utiliser les bons arguments.

Même si la tâche allait s'avérer difficile, Nikos était soulagé d'avoir pris cette décision. Ses sentiments pour son fils augmentaient de jour en jour, et il souhaitait être un père à part entière pour lui, pas seulement le voir pendant des visites ponctuelles. Il voulait avoir la certitude qu'on ne pouvait pas le lui enlever.

Après un certain temps de mariage, il pourrait se séparer de Marisa tout en bénéficiant aux yeux des autorités de ses droits parentaux. Même si elle avait mis son nom sur l'acte de naissance, être marié lui offrirait une protection supplémentaire. Elle ne pourrait lui refuser un accès égal.

De plus épouser Marisa lui permettrait de l'avoir dans son lit chaque soir. Or, après lui avoir à nouveau fait l'amour, son désir restait aussi intense qu'au premier jour. Un an de mariage serait une durée suffisante pour assouvir sa passion, et permettre à leur relation de s'éteindre d'elle-même, ce que la mise en scène de sa mort avait empêché.

Nikos n'avait donc plus qu'à persuader Marisa de l'épouser.

9.

Marisa resta bouche bée. Dire qu'elle s'était retenue de se lover contre Nikos, après avoir fait l'amour, avait refoulé son besoin de retrouver leur intimité d'autrefois, et il pensait qu'ils devraient se marier.

Elle n'aurait pas été plus stupéfaite s'il lui avait proposé de l'emmener sur la lune !

S'agissait-il d'une plaisanterie ?

Marisa scruta les traits de Nikos, allongé un bras derrière la tête. Son expression était impénétrable.

S'asseyant face à lui, elle croisa les bras devant sa poitrine, comme pour lui dissimuler les battements endiablés de son cœur.

— Tu penses que nous devrions nous marier ?

— Absolument.

— Pour quelle raison ?

— Pour Niki, et nous tous, répliqua-t-il en se redressant sur un coude. Être loin pendant une semaine m'a permis de réaliser à quel point j'avais besoin de vous deux dans ma vie. Mon plus cher désir est de nous voir former une famille, *agapi mou*.

Marisa sentit son cœur s'emballer davantage encore. Or ce n'était pas le moment.

— Tu m'avais pourtant dit ne jamais vouloir t'engager.

— Je sais, mais j'ignorais combien être père modifierait

ma vision de la vie. Tu as eu une enfance idyllique avec des parents unis. Je veux la même pour notre fils. Pas toi ?

C'était exactement ce qu'elle avait voulu, avant... Pendant les premiers mois de sa grossesse, Marisa s'était raccrochée à l'espoir que Nikos était vivant, quelque part sur une île déserte, et qu'il finirait par être retrouvé. Elle l'imaginait alors revenir, tomber à genoux et lui déclarer son amour. Cet espoir était cependant quasi vain en Méditerranée. Son équipage n'avait découvert sa disparition qu'au matin après une nuit de tempête au large. La dernière personne à l'avoir vu vivant avait précisé qu'il regardait les éléments déchaînés depuis le pont. Malgré des recherches intensives en mer et sur la myriade d'îles inhabitées de l'archipel des Baléares, son corps n'avait jamais été retrouvé.

Petit à petit, Marisa s'était habituée à l'idée de ne jamais le revoir, et au fait que son fils ne connaîtrait pas son père. Suite au meurtre de son propre père, privant son bébé de son second modèle paternel, elle avait envisagé de lui en procurer un autre. Raul lui avait semblé convenir au rôle. Son besoin désespéré d'aide dans les affaires et de protection pour Niki l'avait alors poussée à lui demander de l'épouser.

Or, à présent, Nikos lui offrait son rêve de toujours avec lui et elle ne pensait qu'à une chose : Il ne lui avait pas donné signe de vie avant d'apprendre qu'il avait un fils.

— Depuis quand as-tu besoin de moi dans ta vie ? demanda-t-elle.

— Depuis que je suis revenu d'Alaska, répondit-il sans ciller. J'ai tout d'abord pensé que nous étions tous deux allés de l'avant, mais ce n'est pas le cas. Ce que nous venons de partager en est la preuve flagrante.

Marisa bénit la semi-obscurité dissimulant la subite rougeur de ses joues à cette évocation.

— C'était donc là le but de ta démarche ce soir, me

rappeler à quel point nous nous entendons bien physiquement ? Tu m'as séduite dans le but de me faire accepter de t'épouser ?

— En partie.

Blessée, Marisa détourna les yeux vers la fenêtre.

Dans le soudain silence, Nikos ajouta :

— Tu ne peux pas nier que l'alchimie entre nous n'a cessé de s'intensifier. Faire l'amour était inévitable, et nous le referons, que tu m'épouses ou pas.

— Ton ego, lui non plus, n'a pas cessé de s'intensifier, lâcha-t-elle d'une voix qu'elle aurait préférée plus assurée.

Marisa sentit un mouvement sur le matelas, puis les mains de Nikos se poser sur ses épaules et ses lèvres murmurer dans son cou :

— Ce n'est pas une question d'ego. C'est la vérité. Et je sais que tu ressens la même chose que moi.

Nikos prit alors un des seins de Marisa en coupe et en effleura du pouce la pointe, qui se dressa sous sa caresse.

— Tu vois, poursuivit-il, tu me désires déjà à nouveau. Lorsque je suis avec toi, il ne se passe pas une minute sans que je fantasme sur de pareils moments.

Marisa posa la main sur la sienne puis, comme après une légère hésitation, entrelaça ses doigts aux siens tout en soupirant :

— C'est purement sexuel.

— Mais délicieusement bon. Comme toujours entre nous. Te souviens-tu de nos folles nuits ? Nous pouvons en avoir d'encore plus intenses.

Cette fois, elle écarta brusquement sa main et s'éloigna de lui.

— Si tout était si merveilleux entre nous, pourquoi n'es-tu pas revenu pour *moi* ?

Nikos regretta sa franchise de leurs premières heures ensemble à son retour. S'il avait su à l'époque ce qu'il savait à présent, s'il avait ressenti ce qu'il ressentait, il aurait géré la situation différemment. Fort de cela, il choisit ses mots avec soin :

— Tu avais tourné la page, tu étais fiancée à un autre. J'ai donc pensé avoir moi aussi tourné cette page, hélas aucune femme ne soutient la comparaison avec toi.

Il se rapprocha alors et lui mit les mains sur les hanches.

— Il n'y a eu que toi depuis le jour de notre rencontre, et je peux assurer la réussite de notre couple. J'en suis certain. Nous pouvons former une famille et offrir à Niki l'amour et la stabilité que je n'ai jamais eus.

Marisa resta un long moment silencieuse, mais Nikos fut heureux qu'elle ne se soit pas éloignée.

— Parle-moi.

— De quoi ?

Cette fois cependant, elle alluma la lampe de chevet, s'allongea sur le lit à côté de lui et le regarda droit dans les yeux.

— De ton enfance.

— Quelle importance ? C'est du passé.

— Certes, mais il s'agit de ton passé. Si tu tiens vraiment à m'épouser pour offrir à notre fils l'amour et la stabilité dont tu n'as jamais bénéficié, je veux savoir ce que tu as vécu. Faute de cela, ma réponse sera non.

À l'expression décidée de Marisa qui le fixait sans ciller, Nikos comprit qu'elle ne bluffait pas. Il ne l'avait jamais amenée à Mykonos du temps où ils sortaient ensemble, justement pour maintenir une distance salutaire entre eux. Il n'avait jamais parlé de son enfance à aucune de ses petites amies, leur faisant d'emblée comprendre que le sujet était tabou. Marisa était cependant différente de ses autres maîtresses. À première vue, elle leur ressemblait, belle et sophistiquée, mais les apparences étaient trompeuses, la sienne surtout. Elle était plus intelligente, avait plus de profondeur.

Sa principale différence était d'avoir refusé de rentrer finir leur première soirée chez lui – non pas par jeu de séduction, mais parce qu'elle ne couchait pas avec le premier venu. Ensuite, Marisa n'avait pas joué à le faire attendre. Elle se respectait, et Nikos l'en avait davantage respectée pour cela. Elle était très vite devenue plus proche de lui qu'aucune autre. À tel point qu'il avait dû sans cesse se faire violence pour la maintenir entre eux la distance que leur exceptionnelle entente physique le poussait à franchir.

En fait, Nikos avait résisté à l'envie d'emmener Marisa à Mykonos pour une raison très simple : l'y inviter aurait été s'exposer à un flot de questions sur son passé qu'il préférait oublier.

Et il avait vu juste.

Toutefois, son passé s'était récemment fait insistant. Il lui était d'abord régulièrement revenu pendant ses longues soirées solitaires en Alaska. Ensuite, il l'avait tourmenté à partir du jour où son fils était entré dans sa vie.

Résigné à affronter ses fantômes, Nikos s'adossa à la tête de lit, et demanda :

— Que veux-tu savoir exactement ?

— Tout, mais commençons par tes parents et pourquoi ton grand-père a obtenu ta garde.

— Mes parents étaient toxicomanes.

Marisa cilla.

— Es-tu certaine de vouloir entendre cette histoire ? Ce n'est pas très joli, tu sais.

— Peu importe, je veux l'entendre.

Nikos haussa les épaules. Si elle y tenait, autant le faire. Parler de ses souvenirs lui permettrait peut-être de les reléguer aux oubliettes à jamais.

— Ne te méprends pas. N'imagine pas de scènes de misère sordides telles celles dépeintes dans les films. Mes parents étaient drogués certes, mais éduqués et dotés des moyens financiers leur permettant de satisfaire leur addiction et de profiter de la vie comme ils l'entendaient.

— Tu parles d'eux au passé. Sont-ils morts ?

— Ma mère est décédée il y a dix ans. Elle venait d'une riche famille de la haute société. J'ai hérité d'elle cette propriété. Mon père est vivant, mais je ne l'ai plus revu depuis quinze ans. Il était musicien, excellent selon l'avis général. Ils se droguaient modérément, hélas leur influence réciproque était destructive. Ils s'aimaient, du moins au début paraît-il, mais je me souviens seulement de comportements haineux. Ils organisaient de folles fêtes ici au cours desquelles ils se livraient à des actes violents, comme se lancer des objets à la figure, ou se menacer à l'aide de couteaux…

— Pardon ? l'interrompit Marisa, une expression horrifiée sur son visage jusque-là impassible. Tu as assisté à de telles scènes ?

— J'ai été témoin de beaucoup de violence, et les voyais se droguer. J'ai été donné en garde à mon grand-père le jour où ma mère a brisé un verre sur la tête de mon père. Rien de grave, mais le résultat était assez spectaculaire pour que leurs amis appellent un médecin.

Nikos cilla dans l'espoir de refouler la vision de son père, le visage ensanglanté. Il avait senti son cœur battre à tout rompre, mais avait fait comme s'il n'avait rien vu, et continué à jouer dans son coin avec son éléphant en peluche.

— En me voyant jouer au sol, entouré de verres et de drogues diverses, le médecin l'a signalé à la police qui m'a emmené et confié à Stavros.

— Et tu avais six ans, murmura Marisa le visage à présent livide.

— Oui. Les autorités ont décidé que le style de vie de mes parents était incompatible avec l'éducation d'un enfant. Mon grand-père, qui s'en doutait, avait essayé d'obtenir ma garde, mais il n'avait pas de preuve de leur déchéance. De plus, ma mère avait réussi, grâce à son argent et ses contacts, à le bannir de chez eux du temps où j'étais encore très petit. Elle avait peut-être des sentiments maternels à mon égard à cette époque.

Nikos ne se souvenait cependant d'aucune manifestation d'affection envers lui.

— Donc tu as été enlevé d'une heure à l'autre à tes parents et confié à Stavros ? Je n'ose imaginer ce que tu as pu ressentir.

— La normalité est différente pour chacun, m'as-tu dit sur la terrasse. Des parents drogués qui se disputaient sans cesse était la mienne. Il m'a fallu très longtemps avant de comprendre, et d'accepter, que je ne revivrais jamais avec eux.

Des mois de cauchemars.

Ses parents constituaient son monde, Nikos les aimait et passait son temps à essayer de les satisfaire. Un sourire de sa mère ou une petite tape sur la tête donnée d'un air absent par son père suffisait à remplir de joie son cœur d'enfant.

Son horreur muette face à la violence dont il avait été témoin ce jour-là, et sa peine de ne pas voir ses parents avaient été minimes comparées à sa terreur de leur être définitivement enlevé.

Marisa ramena ses genoux sous son menton. Elle aurait aimé faire preuve de la même impassibilité que Nikos, mais cela lui était impossible. La vision d'un petit garçon assis par terre au milieu d'adultes drogués et de sang l'obsédait. Elle imaginait des policiers l'emmenant, et lui inconscient que son monde était sur le point de changer à jamais.

— Comment se passait ta vie avec ton grand-père ?

— C'était difficile pour nous deux. J'étais indiscipliné et habitué à me débrouiller par moi-même. Nous nous heurtions sans arrêt, surtout à mon adolescence. Quand j'ai eu quatorze ans, il m'a envoyé dans un pensionnat en Angleterre. Un établissement sévère. C'était ma mère qui payait.

Une grimace amère déforma le visage de Nikos.

— Au lieu d'utiliser sa fortune pour se battre afin de me garder, ou payer des gens pour s'occuper de moi sous son propre toit, ma mère a préféré ne pas s'encombrer d'un enfant. Elle était bien trop heureuse de financer mon transfert à l'étranger !

Marisa était au bord de la nausée. Nikos avait eu raison de qualifier son enfance d'idyllique. Jamais elle ne s'était demandé si ses parents l'aimaient. C'était évident.

— Et ton père ? murmura-t-elle.

— Quelques mois après mon départ de chez eux, ils se sont séparés et il est parti à Athènes. Il y est encore, je crois. Après avoir dépensé l'argent obtenu de ma mère lors de leur divorce, il s'est mis à jouer de la guitare dans des restaurants. Peu à peu, j'ai appris à les haïr. Surtout elle, car elle avait les moyens de se battre pour moi.

Ne sachant comment alléger son évidente souffrance, Marisa se contenta de l'écouter poursuivre.

— J'avais hérité des parents de ma mère une coquette somme. Mon grand-père la gérait et me l'a remise lorsque j'ai eu seize ans. J'ai vécu dessus puis l'ai transformée en une fortune tout en m'amusant comme un fou. Lors de mon premier retour à Mykonos, à vingt-trois ans, j'ai vu un changement draconien en ma mère. Elle avait accumulé les opérations esthétiques au point d'avoir l'air d'une poupée de cire, mais les dommages dus à son style de vie étaient encore visibles. Je la haïssais toujours, mais en la voyant ainsi… je me suis senti investi d'une certaine responsabilité envers elle.

Nikos eut un petit rire morose.

— Qui l'eût cru ? C'est bizarre comme on peut changer…

— Tu l'as peut-être vue avec des yeux d'adulte, suggéra Marisa. Tu as pris conscience de sa vulnérabilité.

— C'est possible. De ce moment je lui ai téléphoné régulièrement. Un jour elle n'a pas décroché. Après plusieurs tentatives j'ai appelé la police de Mykonos qui l'a trouvée morte. C'était une overdose.

Marisa ferma les yeux pour retenir ses larmes. Nikos ne voulait pas de sa compassion. Faute de trouver mieux, elle murmura :

— Je suis désolée.

Saisi d'un subit besoin de prendre l'air, Nikos sortit sur la terrasse. Les doigts agrippés à la balustrade, il effectua quelques rotations de la tête pour dénouer ses muscles tendus.

Pendant des années, il avait souhaité la mort de sa mère. Il en avait honte, mais ne pouvait s'en empêcher. En apprenant qu'elle avait succombé quatre jours plus tôt, alors seulement il avait pris conscience de la réalité. Sa mort triste et solitaire était à l'image de sa vie, triste et solitaire.

Le chagrin lui était tombé dessus, complètement inattendu. Sa mère n'aurait pas pleuré sa perte, aussi pourquoi était-il si troublé ? Nikos avait donc étouffé sa peine, l'avait enfouie au plus profond de lui. Oubliée.

Jusqu'à ce jour.

Il se souvint alors des paroles de Marisa « Faire son deuil est un peu comme nager à travers un océan sombre parsemé des écueils du souvenir. » Avait-il enfin traversé cet océan ?

Un peu plus calme, Nikos rentra. Son reste d'angoisse s'évapora en trouvant son fils assis sur le lit, bien réveillé. Le visage de Niki rayonna à sa vue, et il tendit ses petits bras vers lui.

Marisa haussa les épaules en signe d'impuissance.

— Il n'est pas habitué à dormir ailleurs que dans son lit. C'est la seconde fois, la première étant à Genève, la veille de la chute du cartel. Il n'avait cessé de se réveiller.

Nikos se glissa sous le drap et prit son fils sur lui. Si Marisa voulait toujours qu'il quitte sa chambre, elle devrait le lui redemander.

Mais elle ne le fit pas. Elle sourit tandis que Niki sautillait sur la poitrine de Nikos.

— Il t'aime, murmura-t-elle.

— J'aime le penser.

— Tu peux en être certain.

Elle lui effleura alors le front puis embrassa son fils avant de s'allonger à son tour.

— Si tu ronfles, je te renvoie dans ta chambre.

Trop ému pour s'indigner, Nikos se contenta de répondre :

— Je ne ronfle jamais.

— Soit, mais ne le garde pas éveillé trop longtemps ou nous aurons un bébé grincheux demain matin.

— Compris.

Il attira alors son fils contre sa poitrine.

— Nikos, reprit Marisa d'une voix déjà ensommeillée, nous reparlerons de ta suggestion demain. D'accord ?

10.

Nikos sentit un poids sur son torse et ouvrit les yeux. À califourchon sur lui, son fils l'observait. Quelle merveilleuse façon de se réveiller !

Comme au vu du rayonnement du soleil à travers les rideaux il était encore très tôt, il murmura du bout des lèvres un « chut » destiné à empêcher Niki d'alerter sa mère encore endormie à côté d'eux, puis le souleva et sortit du lit. Arrivé à la porte de la nurserie, il se retint de rire en sentant un doigt miniature s'introduire dans sa narine.

Plutôt que d'appeler Seema à l'aide, Nikos décida de le changer lui-même. Il finissait de le déshabiller, lorsque Marisa entra, étouffant un bâillement. Même les cheveux en bataille et les yeux encore pleins de sommeil, elle était ravissante. Une brusque mélancolie lui fondit dessus.

Ses parents l'avaient-ils pris dans leur lit, bébé ? Quand avaient-ils cessé de partager la même chambre ? Dans le souvenir de Nikos, ils avaient chacun la leur, dont l'accès était interdit à l'autre, ainsi qu'à lui. Il se remémora les matins où le ventre gargouillant de faim, il se glissait sur la pointe des pieds dans la cuisine pour chercher de quoi manger. Ses parents se moquaient du bazar qu'il pouvait y laisser – il ne faisait que s'ajouter au leur. Leurs seules règles étaient de ne pas entrer dans leurs chambres et de ne pas faire de bruit susceptible de les réveiller. Il n'avait jamais osé les enfreindre.

Qu'avait-il fait de si grave pour être privé de l'affection que Marisa prodiguait si généreusement à Niki ?

Nikos la regarda, à côté de lui devant la table à langer, en train de parsemer de baisers le ventre nu de son fils, tandis qu'il agitait ses petites jambes en l'air en gloussant de joie. Sa mère ne lui avait probablement jamais fait cela...

— Pourquoi ne m'as-tu pas réveillée ? demanda Marisa.

— À quand remonte ta dernière grasse matinée ?

— Qu'est-ce qu'une grasse matinée, au juste ?

Il lui adressa un regard sévère.

— Je m'en doutais. Retourne te coucher, maintenant. Je gère la situation.

Sans tenir compte de sa réponse, elle chatouilla le petit ventre de Niki.

— Tu es en train de le changer ?

— Ça me paraît évident.

— Si c'est si évident, où sont ses vêtements propres ?

Nikos n'avait pas pensé à ce détail. Au vu de la mimique de Marisa, elle le savait.

— Je vais en chercher. Dois-je aussi t'apporter une couche ?

Et un oubli de plus !

Décidément, il avait beaucoup à apprendre. Par chance, le sourire heureux de Marisa lui indiqua qu'elle était prête à lui enseigner toutes les ficelles de la paternité.

Il espéra alors qu'elle le ferait en étant son épouse.

Marisa passa la plus grande partie de sa première matinée à Mykonos au bord de la piscine avec Niki, la nourrice, et Stavros toujours aussi froid à son égard, ce qui lui permit de réfléchir.

Même si elle était indignée du jeu de la séduction joué par Nikos dans le but de la convaincre de l'épouser, force était de reconnaître lui avoir facilité la tâche en l'attendant sur la terrasse. Et pire, s'il décidait de revenir le soir, elle le désirait si intensément que le repousser lui serait impossible.

Faire l'amour avec lui avait été un acte physique dans lequel elle s'était abandonnée sans crainte de voir son cœur se briser à nouveau. En revanche, les sentiments qui avaient déferlé sur elle lorsque Nikos avait parlé avec tant de détachement de son enfance étaient beaucoup plus effrayants. Marisa avait senti les morceaux de son cœur se recoller pour offrir sa compassion au petit garçon pris dans la vie houleuse de ses parents. Le Nikos d'aujourd'hui étant différent de celui de six ans, elle devait donc s'appliquer à les séparer dans son esprit – aussi difficile que cela soit – afin de se préserver. En particulier si elle acceptait sa proposition.

Ce dernier point l'obsédait depuis son réveil. Pouvait-elle priver son fils d'une jeunesse idyllique identique à la sienne pour une simple question de fierté ? D'un autre côté, Nikos ne méritait-il pas une chance d'être un véritable père, de partager les menus moments du quotidien avec Niki et ceux plus importants de son évolution ?

Pour rien au monde elle n'aurait aimé manquer les sourires de son petit bonhomme au réveil, sa joie de manger une purée pas immédiatement recrachée, ses éclats de rire lorsqu'elle le baignait et se retrouvait trempée par ses battements de jambes frénétiques, ou pire ses premiers babillages et ses premiers pas. Aussi, refuser à Nikos d'être témoin des prochains changements de son fils lui sembla valoir quelques concessions. Sa décision cependant dépendrait de certains points encore à débattre.

Marisa n'eut pas l'occasion de les aborder avant l'après-midi. Le déjeuner achevé, Stavros étant parti à son club d'échecs et Seema ayant emmené Niki faire sa sieste dans la nurserie, elle venait de s'installer sur l'une des chaises longues de la terrasse lorsque Nikos la rejoignit.

Il lui tendit un verre de liquide coloré surmonté d'une ombrelle.

— Tiens, un cocktail. Tu n'as aucune crainte à avoir, il y a juste une larme d'alcool pour relever la saveur des fruits.

Marisa fut touchée, Nikos la connaissait assez pour anticiper ses craintes. Il était capable de différencier la mère de la femme en elle, tout en satisfaisant les besoins des deux. Et mieux encore, il avait réveillé sa féminité endormie. Réveillé les désirs que lui seul avait fait naître…

— Merci, murmura-t-elle.

C'était la première fois qu'ils se retrouvaient en tête à tête depuis le petit matin. En sécurité derrière ses lunettes de soleil, Marisa admira son superbe corps couvert d'un simple short de bain. Elle avait toujours aimé sa minceur musclée, sa peau mate, ses larges épaules, ses hanches étroites, ses fesses fermes ainsi que la fine toison qui recouvrait son torse et descendait en s'affinant jusqu'à son pubis. Elle aimait vraiment tout de lui…

Au petit sourire de Nikos en lui tendant son verre, Marisa sut qu'il avait deviné ses pensées. Après leur nuit partagée et la confiance dont il avait fait preuve en lui racontant son histoire, se faire surprendre en train de l'admirer lui était égal. Elle avait dépassé le stade de nier son désir pour lui.

Se redressant sur un coude pour lui faire face, elle but une gorgée du cocktail pendant qu'il s'installait sur la chaise longue voisine de la sienne. Remarquant alors son regard qui s'attardait sur son maillot une pièce, elle sentit une rougeur lui envahir les joues.

— Ton corps a changé, lança-t-elle, tu es beaucoup plus musclé.

Nikos sourit.

— J'ai passé dix-huit mois dans un chalet au cœur de l'Alaska. Si je voulais avoir chaud, force était d'abattre des arbres et d'en détailler le bois en bûches. L'hiver là-bas est *très* froid, crois-moi.

Alors que Marisa s'apprêtait à lui poser des questions sur sa vie en exil, Nikos tendit une main qu'il posa autour d'un de ses seins, lui ôtant les mots de la bouche.

— Ton corps aussi a changé.

— C'est ce qui arrive lorsqu'une femme devient mère.

Nikos titilla la pointe de son sein à travers son maillot.

— Avoir un enfant n'a fait que te rendre encore plus belle.

Marisa ne put retenir un petit rire ironique.

Nikos entrelaça ses doigts aux siens.

— Pourquoi trouves-tu cela amusant ?

— Parce que tu ne m'as pas encore vue nue en pleine lumière.

— *Pas encore* ? demanda-t-il sourcils haussés. Dans ce cas je suis donc en position d'espérer beaucoup plus ?

— Peut-être.

Nikos approcha son visage du sien, pour murmurer :

— Nous sommes seuls ici, tu sais…

Marisa lui posa un doigt sur les lèvres. Il l'embrassa avec un sourire charmeur.

— Nikos…, soupira-t-elle.

Il frotta le bout de son nez contre le sien.

— Oui, *agapi mou* ?

Un instant troublée de sentir son souffle sur ses lèvres, Marisa se ressaisit pour aborder le sujet qui la tracassait :

— Pour en revenir à l'éventualité d'un mariage dont tu me parlais hier soir…

— Conviens-tu enfin qu'il s'agit d'une excellente idée ? l'interrompit-il.

Marisa roula sur le dos, mais Nikos n'enleva pas pour

autant sa main. Au contraire, il la fit glisser le long de son ventre, déclenchant une volée de frissons en elle.

— Si j'accepte, ce serait à condition d'habiter à Valence.

— Je sais.

— Mykonos est ton foyer, mais c'est trop loin de mes affaires et de ma famille. Maman adore Niki, je ne peux pas le lui enlever.

— J'ai déjà accepté cette condition, *agapi mou.*

— C'est vrai, excuse-moi. Je m'attendais tellement à devoir te convaincre que j'ai mal écouté ta réponse.

Nikos, lui posa alors la main sur le pubis.

— Je souhaite que nous passions aussi du temps ici. Niki doit savoir que c'est aussi son foyer. Établir notre résidence à Valence est cependant plus pratique. Y a-t-il un autre point dont tu veuilles discuter ?

Là-dessus, il se leva et, avant même que Marisa n'ait eu le temps de répondre, il ôta son short de bain. Face à l'intensité de son érection, elle ne put que balbutier :

— Je veux que Niki soit scolarisé en Espagne.

Nikos s'assit au bord de la chaise longue de Marisa et fit glisser les bretelles de son maillot le long de ses bras.

— Nous nous soucierons de l'école lorsqu'il sera en âge d'y entrer.

— Et…

Marisa se tut car Nikos venait de prendre le bout d'un de ses seins entre ses lèvres et continuait d'abaisser son maillot.

— Oui, *agapi mou* ?

— Pas de…

Elle ferma les yeux, s'efforçant de se concentrer, malgré les caresses de Nikos, et comprit qu'il était en train de lui enlever son maillot. Et qu'elle l'aidait !

— Pas de quoi ? demanda-t-il en s'agenouillant entre ses jambes.

— Pas de décision intempestive sans mon accord, lâcha-t-elle dans un souffle.

Nikos la pénétra d'une longue poussée avant de se retirer aussitôt.

— Était-ce intempestif ? demanda-t-il alors.

— Nikos…

Le gémissement de Marisa mourut sur ses lèvres lorsque Nikos la prit à nouveau. Sentant qu'il s'apprêtait à se retirer, elle lui agrippa les fesses.

— D'accord, murmura-t-elle en lui enroulant les jambes autour de la taille. Tu as gagné.

— Tu acceptes de m'épouser ?

— Oui.

Et elle aurait accepté n'importe quoi pour l'empêcher de la laisser.

— Il est temps de te lever.

Marisa ouvrit les yeux, découvrant Nikos assis au bord du lit, rasé de près et fleurant bon l'eau de toilette.

— Quelle heure est-il ?

— Neuf heures.

Elle vit alors une tasse de café fumant posée sur la table de nuit à côté du babyphone.

— Pourquoi ne m'as-tu pas réveillée ?

— Parce que tu es adorable quand tu dors, répondit-il avant de se pencher pour murmurer contre son oreille : Si notre fils ne s'était pas manifesté si tôt, je t'aurais réveillée de manière beaucoup plus agréable.

Marisa n'en revenait pas de ne pas avoir entendu le babillage matinal de Niki. Elle devait avoir été épuisée après avoir fait l'amour toute la nuit, ou avait su inconsciemment que Nikos prendrait soin de leur fils. Certainement la seconde hypothèse.

— Où est Niki ?

— Dans la nurserie avec Seema, aussi dépêche-toi de te lever car nous avons rendez-vous en ville.

— Pour faire quoi ?

Nikos l'embrassa.

— Nous inscrire sur le registre et fixer la date de notre mariage, *agapi mou*.

En un éclair, les dernières brumes du sommeil s'évaporèrent. Marisa s'assit et dévisagea Nikos.

— Notre mariage ? Depuis quand est-il au programme ?

— Tu as accepté hier.

En effet. Sous la contrainte… sexuelle ! Après son « Oui » sur la chaise longue, ils avaient fait l'amour dans leur lit jusqu'au réveil de Niki, et recommencé après le dîner dès leur fils endormi pour la nuit. Si au cours de toutes ces heures, ils s'étaient exprimés physiquement, ils n'avaient guère eu le temps de discuter.

À vrai dire, Marisa avait été heureuse de reléguer le fait d'avoir accepté d'épouser Nikos au fin fond de son esprit plutôt que de confronter l'amplitude de sa décision. À présent que le sujet revenait, la panique fondit sur elle.

— Je n'ai pas accepté de t'épouser immédiatement.

— Pourquoi attendre ?

Parce que tu ne m'aimes pas !

Que lui prenait-il de penser à Nikos en termes d'amour alors qu'il l'avait si profondément blessée ?

Mais il avait acquis des parts dans Lopez Shipping, trouvé un directeur hors pair pour lui alléger la tâche, l'avait emmenée à Mykonos et avait prouvé son dévouement à leur fils. C'est pour ces raisons qu'elle avait accepté sa proposition. Plus ou moins les mêmes qui l'avaient poussée à demander la main de Raul. À une différence près, Nikos était le père biologique de Niki et mieux valait passer sa vie avec un homme dont elle avait plaisir à partager un lit !

Le tout était de considérer Nikos comme un enfant blessé et lui offrir les attentions et l'amour dont il avait besoin. Ce dont Marisa se sentait tout à fait capable, car le bonheur de son fils en dépendait.

— J'ai accepté à la condition que tu ne prennes pas de décisions sans moi, déclara-t-elle.

— Vraiment ? Il me semble pourtant t'avoir entendue me supplier d'en prendre certaines.

Marisa se pencha vers Nikos, le corps vibrant.

— Ne t'amuse pas à recommencer !

Et elle sauta hors du lit, puis se réfugia à l'autre bout de la chambre.

— Recommencer quoi ?

— Recommencer à utiliser tes dons sexuels exceptionnels pour m'empêcher de penser clairement !

Il la regarda quelques secondes d'un air incrédule avant d'éclater de rire.

Une fois calmé, Nikos essuya ses larmes. Il ne se souvenait pas avoir ri ainsi depuis… son enfance probablement !

— Parce que j'ai des dons exceptionnels en la matière ?

Un sourire amusé aux lèvres, Marisa rétorqua :

— Pourquoi crois-tu que j'aie accepté de t'épouser ?

Nikos se leva à son tour, mais elle tendit une main en guise d'avertissement :

— Reste là où tu es. Tu ne me toucheras pas tant que nous n'avons pas terminé cette discussion.

Nikos adorait les défis, surtout lancés par une rousse sexy aux cheveux emmêlés après une nuit de passion et qui lui trouvait des dons sexuels exceptionnels.

— Je veux me marier en Espagne, déclara-t-elle d'un air sérieux cette fois.

— Pourquoi donc ?

— Parce que ma famille y est.

Nikos fit un pas de plus vers Marisa.

— Je peux leur envoyer mon avion. Je tiens à me marier à Mykonos.

— Pourquoi ?

Parce qu'ici la cérémonie peut avoir lieu très vite, or plus tôt nous serons mariés, plus tôt mes droits paternels seront reconnus. Et moins je te laisse de temps pour réfléchir, moins tu as de chances de changer d'avis.

Nikos prit la main de Marisa, la plaqua contre le mur au-dessus de sa tête et, plongeant son regard dans ses yeux brillants de désir, il murmura :

— Parce que nous avons de plus belles plages.

Et pour couper court à toute protestation, il l'embrassa.

11.

Marisa se maquillait lorsque Nikos entra dans la chambre. Son cœur s'emballa, ses mains se mirent à trembler, mais elle se força à prendre l'air décontracté.

L'avant-veille, les modalités du mariage établies, Nikos avait mentionné qu'ils fêteraient leur engagement ce soir-là dans son club de Chora. N'ayant emporté aucune tenue appropriée pour une soirée habillée, Marisa lui avait donc demandé de la déposer en ville afin d'acheter une. Là, au lieu de prendre plaisir à sa tournée des boutiques de designers, elle s'était sentie un peu perdue, triste même à l'idée de cette fête sans toutefois en comprendre la raison. Elle avait accepté d'épouser Nikos à Mykonos, mais avait obtenu de vivre à Valence. Le mariage serait célébré le week-end suivant, le jour du premier anniversaire de leur fils, ce qui était à son avis de bon augure comme si cela indiquait que tout concourait à la réussite de leur union, alors d'où venait sa mélancolie persistante ?

À ce point de ses réflexions, Nikos s'avança jusqu'à la coiffeuse, lui souleva les cheveux et lui déposa un baiser dans le cou. Un frisson la parcourut.

— Tu sens délicieusement bon, murmura-t-il, et tu es très belle.

Marisa observa son reflet dans le miroir, lui sourit et sentit son cœur se serrer. Lui aussi était très beau en pantalon noir, chemise blanche et gilet cintré. Il arrivait à paraître à la fois décontracté, élégant et diablement sexy.

— Tu as annoncé la nouvelle à ta mère ? demanda-t-il.

Marisa acquiesça de la tête tout en ouvrant sa palette de fard à paupières.

— Qu'en pense-t-elle ?

— Elle te fait dire que si tu t'avises de me blesser, elle veillera personnellement à ce que tu n'engendres plus d'autre enfant.

Nikos cilla, mais demanda d'un ton égal :

— Et que lui as-tu répondu ?

— Que je n'étais pas stupide au point de m'exposer à être à nouveau blessée.

Là-dessus, elle passa le pinceau sur le fard brun mordoré et appliqua la couleur sur une paupière.

— Nous nous marions dans l'intérêt de Niki, ajouta-t-elle, ce dont nous sommes conscients. À présent, maman l'est aussi.

— Elle y est favorable ?

— Oui.

— Et ta sœur ?

— Elsa pense que j'ai perdu la raison, mais elle viendra au mariage avec Santi.

— Pourquoi une telle remarque ?

Marisa haussa les épaules avant d'appliquer du fard sur son autre paupière. Inutile de rapporter les propos de sa sœur indignée de la voir « gâcher sa vie pour un homme qui l'avait abandonnée sans un mot ». Elsa n'était pas la mère d'un enfant qui s'épanouirait mieux si son père faisait partie intégrante de sa vie.

— Ma sœur est amoureuse. Selon elle, seul l'amour devrait motiver un mariage.

— Et selon toi ?

— Sur un plan historique, l'avènement des mariages

d'amour est relativement récent. Ceci dit, l'histoire regorge de mariages arrangés couronnés de succès.

Marisa avait d'ailleurs passé un long moment assise à la terrasse du bar dans le club de Nikos à se documenter sur de telles unions en attendant qu'il vienne la chercher.

— Ces mariages devaient bénéficier d'une parfaite entente sexuelle.

— Entre les *seuls* époux, rétorqua Marisa en capturant le regard de Nikos dans le miroir.

Elle appliqua alors son mascara d'une main qu'elle s'efforça de garder assurée. La plupart des mariages réussis dont elle avait lu l'histoire l'étaient car les épouses détournaient complaisamment les yeux des frasques de leurs maris.

En ce qui la concernait, Marisa n'était pas prête à tolérer ou accepter la moindre infidélité. La seule idée de Nikos dans les bras d'une autre femme lui donnait la nausée. Sa recherche sur les mariages non arrangés et réussis ne l'avait pas rassurée pour autant. Ces mariages étaient heureux car leurs protagonistes s'étaient engagés par amour.

Nikos entendit parfaitement l'avertissement de Marisa. Il lui posa les mains sur les épaules, lui déposa un léger baiser sur les cheveux et, sans la lâcher des yeux, répliqua :

— Je suis plutôt bien parti puisque, depuis le jour où je t'ai rencontrée, je n'ai plus touché une autre femme, *et*, tant que tu porteras cela, il en sera ainsi.

Elle se tourna vers lui sourcils haussés.

— Cette robe ?

— Non.

Il sortit alors un écrin de sa poche qu'il ouvrit et lui tendit.

— Ta bague de fiançailles.

Marisa la regarda si longtemps en silence que Nikos se

demanda si elle attendait qu'il mette un genou en terre. Non, ce serait grotesque !

Bizarrement, lorsqu'il avait trouvé cette bague après avoir écumé les meilleures bijouteries de Chora, une vision s'était aussitôt imposée à son esprit. Lui, à genoux, et Marisa folle de joie lui prenant le visage entre les mains pour lui dire qu'elle l'aimait. Cela l'avait troublé. La paternité semblait responsable de cette mièvre sentimentalité. Son amour pour son fils était si fort que son inconscient avait dû vouloir l'étendre à sa mère.

Comme Marisa restait silencieuse, Nikos demanda :

— Ne vas-tu pas l'essayer ?

Elle passa la bague à son annulaire et se leva.

— Elle est parfaite.

Nikos fut trop stupéfait pour répondre. Marisa portait une robe noire à paillettes qui épousait ses courbes, et dont le décolleté était juste assez profond pour suggérer la beauté de sa poitrine.

C'était elle qui était parfaite.

En montant en voiture à côté de Nikos, Marisa vit Stavros arriver avec sa compagne. Elle leur fit un signe de main, la dame lui répondit, mais lui fit mine de ne pas la voir.

Dès que le chauffeur eut démarré, elle demanda :

— Pourquoi est-ce que ton grand-père me déteste ?

— Il ne te déteste pas.

— Tu n'as pas vu ce qui vient de se passer ? Il m'ignore ostensiblement.

Nikos soupira, comme hésitant, puis sembla opter pour la franchise.

— Il t'en veut de ne pas l'avoir averti de la naissance de Niki.

Blessée, Marisa s'efforça de ne pas ciller.

— Pourquoi ne l'as-tu pas contacté ? reprit-il.

Même si sa question avait été posée sur un ton aimable, il la regardait avec une curiosité non dissimulée.

— Lorsque j'ai pris conscience de ma grossesse, j'étais sous le choc de ta disparition. Après deux semaines d'incessantes nausées, j'ai compris que l'intoxication alimentaire dont j'avais été victime un mois auparavant avait affecté l'efficacité de ma pilule. Tu comprends, j'espère, que cela m'ait brouillé les idées.

Et soudain, Marisa se demanda si ce n'était pas son désir inconscient d'avoir un enfant de Nikos qui en avait bloqué l'effet…

— Ça a été une immense surprise, mais une bonne.

Suffisante pour la tirer d'un gouffre de désespoir au fond duquel elle était tombée.

— Tu étais heureuse d'attendre mon enfant ?

Marisa lui caressa la joue du bout des doigts.

— Savoir que notre bébé grandissait en moi a été un indescriptible réconfort. Je n'avais pas l'intention de garder cette nouvelle secrète, mais voulais attendre le seuil des trois mois avant d'en parler à ma famille immédiate car j'étais terrifiée à l'idée de le perdre.

Et elle préférait ne pas penser à ce qu'il lui serait arrivé si cela s'était produit.

— Ce seuil passé, poursuivit-elle, le cartel s'est manifesté. Après avoir trouvé notre chien Rocco mort dans la piscine, j'ai eu peur qu'ils apprennent ma grossesse. J'ai donc continué à me taire. Quand Niki est né, mon père venait d'être assassiné. Ma vie était devenue un cauchemar. Ma seule préoccupation étant de protéger notre fils, je l'ai gardé dans la villa.

Marisa, qui scrutait les traits de Nikos en lui parlant, les vit se figer.

— Je suis désolée de ne pas avoir contacté ton grand-père. J'aurais dû le faire, et l'aurais sûrement fait si j'avais su à l'époque à quel point il tenait une place importante dans ta vie. S'il te plaît, dis-lui qu'il ne s'agissait pas d'une mauvaise intention délibérée, et que je suis désolée de l'avoir blessé.

Nikos inclina la tête.

— Je lui expliquerai tout cela.

— Merci.

Nikos appuya la tête sur le dossier de la banquette. Penser à tout ce que Marisa avait dû affronter seule le troublait. Il aurait dû être à ses côtés.

— Quand tu m'as vue avec Niki dans le parking, c'était la première fois qu'il quittait la propriété depuis sa naissance. Le gynécologue est venu m'accoucher sur place et le pédiatre se déplaçait pour les visites obligatoires.

— Cela explique pourquoi il est si timide face aux étrangers, répondit-il en lui souriant.

Marisa lui prit la main et la serra.

— Probablement.

— Je me demandais pourquoi tu ne sortais plus de chez toi, même avant la mort de ton père, songea-t-il à voix haute tout en entrelaçant ses doigts aux siens.

Elle se redressa brusquement sur son siège.

— Comment savais-tu cela ?

— Je te faisais surveiller, admit-il.

Marisa écarquilla les yeux.

— Le cartel m'avait envoyé une photo de toi, je te rappelle. L'équipe de Felipe Lorenzi avait pour rôle de surveiller votre propriété, de te suivre discrètement chaque fois que tu la quittais et de m'envoyer un rapport journalier. Il en allait de même pour mon grand-père.

Nikos réussit à lui adresser un faible sourire pour ajouter :

— La Wifi était pratiquement le seul équipement moderne dont le chalet disposait. Bref, je devais m'assurer de te savoir en sécurité. Mon seul regret est de ne pas avoir demandé à Felipe de protéger chaque membre de ta famille à l'extérieur de la villa. Jusqu'à la mort de ton père, j'ignorais que le cartel vous avait contactés.

Aux changements d'expressions de Marisa, Nikos comprit qu'elle s'efforçait d'assembler toutes ces informations.

— Donc, lorsque nous avons confié à Felipe les tâches de sécuriser notre maison, protéger nos personnes et s'associer aux efforts internationaux pour démanteler le cartel, il travaillait déjà pour toi ?

Nikos acquiesça de la tête.

— Comment se fait-il alors que tu n'aies pas été au courant de ma grossesse ?

— Pour des raisons de confidentialité. Auriez-vous engagé Felipe et son équipe si vous aviez pensé qu'ils allaient parler de votre vie privée ?

— Non, bien sûr.

— Donc tu comprends. Si ta grossesse ou la naissance de Niki avait été source de danger, j'en aurais été informé. Cela n'a pas été le cas. Même si j'apprécie sa discrétion, j'en ai voulu à Felipe de ne rien m'avoir dit…

— Qu'aurais-tu fait si tu avais été au courant ?

— Je ne sais pas. Mieux valait que je ne le sois pas car si j'étais réapparu avant le démantèlement, tu serais devenue une cible prioritaire. Tu n'imagines pas, Marisa, à quel point ces mois m'ont été difficiles, au physique comme au moral. En apprenant que le cartel s'en était pris à votre famille, j'ai cru devenir fou…

Nikos s'interrompit, préférant ne pas avouer qu'il avait été à deux doigts de prendre son sac à dos et rejoindre à pied la première route de la région.

— Lorsque j'ai appris que vous aviez engagé Felipe,

cela m'a un peu rassuré. Je déteste penser que j'aurais pu mettre en danger la vie de notre fils ou la tienne pour une simple question d'ego.

Marisa ne pouvait qu'abonder dans son sens. Pour un homme comme Nikos, habitué à prendre lui-même les décisions, être coincé à des centaines de kilomètres de la civilisation sans pouvoir agir avait dû être un véritable calvaire.

— Il valait effectivement mieux que tu restes éloigné de l'action en cours, même si cela a dû être pénible pour toi.

— Horrible, tu veux dire. Mais Felipe devait savoir qu'être si loin de toi… si loin de tout le serait, d'où son choix d'un chalet totalement isolé qui nécessitait un entretien constant.

Nikos afficha un petit sourire pour ajouter :

— Il est impossible de passer son temps à broyer du noir quand on doit travailler du matin au soir pour assurer sa survie. Abattre des arbres et collecter de l'eau est indispensable si on veut se chauffer, se laver et manger.

Sentant des larmes couler, Marisa se hâta de les essuyer, puis s'éventa le visage de la main.

— Qu'y a-t-il ? demanda Nikos.

La gorge nouée, Marisa se contenta de lui adresser un sourire rassurant. Elle ne s'était jamais penchée sur le quotidien de Nikos pendant son exil. En plus du travail physique, l'isolement complet avait dû être un sacré changement pour un homme habitué à une vie sociale intense. Elle n'avait pas songé non plus au côté altruiste de sa décision.

En fait, Nikos avait renoncé à son existence en partie pour elle et, au lieu de l'oublier, ainsi que l'avait pensé Marisa, il avait engagé une équipe de forces spéciales pour assurer sa sécurité bien avant qu'elle ne connaisse l'existence du cartel.

Cela voulait-il dire qu'il tenait à elle ?

Mais si tel était les cas, pourquoi l'avoir avertie de sa résurrection uniquement après avoir appris l'existence de son fils ? On ne traitait pas ainsi une personne à qui l'on tenait !

Tout cela était vraiment déroutant.

Tout en s'éventant de la main, Marisa vit scintiller sa bague de fiançailles. De style Art déco elle était composée d'un diamant champagne serti d'or rose finement ciselé. Elle avait dû se faire violence pour réprimer sa joie à sa vue. Nikos n'aurait pu mieux choisir. Le style Art déco, les diamants champagne aux reflets changeant sous chaque lumière et l'or rose, c'était là tout ce qu'elle préférait.

L'homme qui voulait l'épouser pour faire partie de la vie de leur fils lui avait offert la bague de fiançailles de ses rêves.

À leur arrivée devant le Club Manolas, Marisa remarqua d'emblée la longue file d'attente. Les flashs d'appareils-photo l'aveuglèrent à sa descente de voiture. Il y avait donc aussi des paparazzis. En un éclair, Nikos fut à ses côtés. Il lui prit la main, et les portiers s'écartèrent respectueusement pour les laisser entrer.

À l'intérieur, l'ambiance était identique à celle des autres Clubs Manolas. Une foule de personnes bien habillées qui dansaient sous les lumières stroboscopiques au son d'une musique rythmée. On ne venait pas dans les clubs de Nikos pour discuter mais pour danser sur les playlists des meilleurs DJs.

La section VIP de son club de Mykonos se trouvait en hauteur. On y accédait par un large escalier qui montait en volute sur un côté de la piste principale. Deux employés baraqués en gardaient l'entrée. À leur arrivée, ils détachèrent la corde torsadée rouge et les saluèrent avec déférence.

Pendant ses années d'université, Marisa allait souvent à Ibiza le week-end avec ses amies passer la soirée au Manolas. C'était leur club préféré car elles s'y sentaient en sécurité. Elles étaient certaines de ne pas voir de substances douteuses introduites à leur insu dans leurs verres, et la présence d'un important, quoique discret, service de sécurité leur garantissait de ne pas être importunées par de jeunes hommes éméchés. La fouille à l'entrée était un petit prix à payer pour un tel bien-être.

Tout en regardant les danseurs en contrebas, Marisa se souvint ne s'être jamais demandée pourquoi Nikos était si strict sur sa politique de zéro drogue dans ses clubs. À présent, elle savait. Il avait renoncé à sa vie pour empêcher le cartel d'écouler sa sinistre marchandise et entraîner ses clients dans la même addiction qui avait transformé ses parents en monstres et finalement tué sa mère.

Dans l'espace VIP, Marisa reconnut plusieurs personnes, sans toutefois les connaître personnellement. En revanche tous ici semblaient avoir entendu parler d'elle. Plusieurs vinrent admirer sa bague de fiançailles. Toute conversation étant limitée en raison du volume élevé de la musique, elle sourit et les remercia gentiment. Nikos ne la lâchait pas une seconde, il la présenta à son cousin, puis commanda une bouteille de champagne qu'ils burent en compagnie de ses amis.

— À quoi penses-tu ? lui demanda-t-il soudain à l'oreille.

Une question qu'il lui posait souvent. Pourquoi se souciait-il de ses pensées s'il ne tenait pas à elle ? Et, dans ce cas, pourquoi l'avoir fait protéger, alors qu'il ignorait sa grossesse, et lui avoir offert la bague de fiançailles de ses rêves ?

Faute de pouvoir le lui demander, Marisa lui posa un léger baiser sur les lèvres.

— Allons prendre l'air.

Nikos lui prit la main et l'entraîna sur la grande terrasse réservée aux clients de l'espace VIP où ils s'installèrent sur un canapé face à la mer. Là, le niveau de bruit était beaucoup moins élevé, seuls les rires des fêtards sur la terrasse inférieure leur parvenaient.

Marisa, qui jouait avec les boutons de la chemise de Nikos, réalisa en avoir défait deux et avoir glissé la main jusqu'à sa poitrine lorsqu'il demanda d'une voix rauque :

— Qu'es-tu en train de faire ?

Elle recula légèrement la tête pour croiser son regard.

— Je te caresse. Tu veux que j'arrête ?

— Certainement pas.

— Parfait, répliqua-t-elle.

Et elle passa négligemment une jambe sur ses genoux. La grande main de Nikos se posa aussitôt sur le haut de sa cuisse désormais dénudée. Marisa posa son visage dans son cou.

— Tu sens délicieusement bon.

Sortant alors la main de sa chemise, elle fit glisser ses doigts le long de son ventre.

Lorsque Marisa effleura le contour de son érection, Nikos retint son souffle. Son audace – ils pouvaient être surpris à tout moment – lui parut particulièrement séduisante.

Il se demanda jusqu'où elle était prête à aller, avant de se reprendre.

La question était plutôt de savoir jusqu'où *lui* était prêt à la laisser aller.

Mais à cet instant, Marisa retira sa main, la reposa

sur son torse. Nikos ne sut s'il était soulagé ou déçu. Elle pressa alors son genou à la place laissée libre par sa main.

— À notre retour à la villa, je te remercierai dans les règles de l'art.

Et, comme pour lui donner un avant-goût de ce remerciement, elle lui mordilla la lèvre tout en lui caressant la poitrine. Nikos fit remonter sa main à l'intérieur de sa cuisse, mais au moment où il s'apprêtait à la glisser sous l'ourlet de sa robe, Marisa se leva d'un bond.

— Nous avons pris assez d'air. Rentrons danser.

Stupéfait par son changement de ton, il remarqua alors sur son visage une expression… heureuse. C'était la première fois qu'il la voyait ainsi depuis son retour.

— Tu as envie de danser ? réussit-il à demander.

Marisa fit la moue, puis un sourire joyeux lui illumina le visage. Elle se pencha alors pour lui murmurer à l'oreille :

— Pas vraiment. J'ai très envie que tu me ramènes à la maison.

Nikos la regarda, soudain muet. Le sourire de Marisa s'agrandit.

— T'aurais-je ôté toute capacité de penser, *mi amado* ?

Une lueur coquine brilla dans ses yeux tandis qu'elle posait les mains sur le côté de ses fesses, et lui effleurait les lèvres d'un baiser avant d'ajouter :

— Maintenant, tu sais exactement quel effet tu as sur moi.

Elle recula alors la tête, puis agita devant lui le téléphone qu'il ne l'avait pas sentie prendre dans sa poche.

Nikos le saisit et appela son chauffeur.

12.

Une fois installé à l'arrière de sa voiture, Nikos coupa le micro de communication avec le chauffeur puis prit possession de la bouche de Marisa avec une ardeur intensifiée par l'attente.

Si son jeu taquin sur la terrasse du club l'avait émoustillé, il avait visiblement eu le même effet sur elle car elle s'installa à califourchon sur ses genoux et défit les boutons de son gilet, puis de sa chemise en toute hâte avant de s'attaquer à sa ceinture. Ceci fait, elle se laissa glisser à genoux devant lui.

Décidément, Marisa devinait ses désirs. Et les comblait, ce qu'elle fit en prenant son érection dans sa bouche. De délicieuses sensations déferlèrent aussitôt sur lui. Que diable possédait cette femme pour obtenir de lui un abandon si total ?

Il n'eut pas le temps de répondre à cette question car déjà elle remontait sur ses genoux, prête à le recevoir. D'une main, Nikos lui pressa les fesses contre ses hanches, de l'autre, il attira sa tête à lui et l'embrassa avec passion. Leur plaisir explosa au moment même où le chauffeur engageait la voiture dans la propriété.

Leur chambre à peine rejointe, ils poursuivirent leurs ébats dans le confort de leur lit.

— Es-tu encore éveillé ? demanda Marisa.

— Cela dépend de ce que tu veux.

— Rien, du moins pour quelques minutes.

Nikos rit et resserra son bras autour de ses épaules.

— À vrai dire, j'ai moi aussi besoin d'un temps de récupération.

Et comme elle lui titillait la poitrine, il s'exclama :

— Tu es une véritable nymphomane !

— Avec toi seulement.

— Si tel est le cas, tu peux continuer.

Marisa s'allongea sur lui et plongea ses yeux dans les siens.

— Tu es le seul homme dont j'aie jamais eu envie, le seul avec qui j'ai fait l'amour et le seul avec qui je le ferai.

Nikos la fit basculer sur le dos, prit sa bouche avec une ardeur renouvelée, et dans la seconde suivante, elle gémissait à nouveau de plaisir entre ses bras. Il les transporta alors tous deux sur les sommets de l'extase.

Marisa ne vit pas passer les jours suivants. Nikos avait engagé une organisatrice de mariage qui, en deux réunions avec eux, expédia formalités et arrangements. Par chance, Stavros était parti en voyage avec sa compagne. Cela lui permit de se détendre totalement. Elle apprécia chaque minute passée avec Nikos et leur fils puis, le soir venu, ils se retiraient dans leur chambre pour satisfaire leurs désirs personnels.

Le troisième jour, Nikos rejoignit le pavillon tenant lieu de centre d'affaires. Marisa, dont le travail était pris en charge par le directeur qu'il avait recruté, laissa Niki avec la nourrice et rejoignit Angelos pour décider avec lui des chambres à donner à leurs invités. Ses amis seraient plus à l'aise dans les villas séparées, lui dit-elle en grec. Le majordome la félicita de son effort. Elle rayonna de fierté. S'être entraînée avec Seema avait été une idée remarquable. Très bientôt, elle pourrait surprendre Nikos en conversant avec lui dans sa langue natale.

La place de chacun dans les villas attribuée, Angelos lui montra les chambres du deuxième étage où loger sa mère, Elsa et Santi. N'ayant jamais visité cet étage, Marisa s'y attarda une fois le majordome redescendu. Une pièce fermée qu'il avait évité de lui montrer l'intriguait. Elle en ouvrit la porte.

Contrairement aux autres, toutes meublées et prêtes à recevoir des invités, celle-ci ne contenait qu'un grand coffre ottoman. Marisa s'agenouilla et en souleva le couvercle. Une odeur de renfermé s'en dégagea. Il était empli de jouets de toutes sortes et visiblement très vieux, puzzles, soldats de plomb, petites voitures, avec au sommet un éléphant en peluche défraîchi auquel il manquait un œil.

Entendant des pas sur le palier, Marisa se retourna. Nikos apparut sur le seuil, Niki au bras. Son expression la fit aussitôt se sentir en faute. Elle reposa délicatement l'éléphant.

— Excuse-moi, j'ai cédé à la curiosité.

Conscient de la gêne de Marisa, Nikos se força à lui sourire et la rejoignit devant le coffre. Il n'avait pas mis les pieds dans cette chambre depuis dix ans, et sentit sa poitrine se serrer à la vue des jouets oubliés depuis longtemps. Niki, en revanche, s'agita et tendit les bras indiquant son envie de les attraper.

— Il peut…

Nikos coupa court la question de Marisa.

— Non.

Elle lui prit alors Niki, visiblement embarrassée.

— C'était ma chambre. Ce coffre est la seule chose que ma mère a conservée de mon enfance.

Il l'avait trouvé après sa mort lorsque, dans un accès de sentimentalisme, il était entré dans la pièce pour la première fois depuis qu'il avait été enlevé à ses parents. Tout avait été déménagé sauf le coffre, seule preuve dans la villa qu'un enfant y avait vécu.

Nikos avait alors donné pour consigne à son équipe de décorateurs de jeter tout le mobilier existant, mais de ne pas toucher à cette pièce. Ensuite, il en avait refermé la porte et ne l'avait jamais rouverte.

Il ramassa l'éléphant.

— Cette peluche m'accompagnait partout. Parfois je m'enfermais avec dans ce placard pendant que mes parents essayaient de s'entre-tuer.

Voyant le regard compatissant de Marisa qui berçait Niki sur sa hanche, il marcha jusqu'à la fenêtre. Sous ses yeux s'étendaient le jardin parfaitement entretenu et les villas. Un paysage bien différent de celui de son enfance. En fait, dans l'année suivant son héritage, il avait éradiqué toute trace de la présence de ses parents.

Comme si elle avait lu ses pensées, Marisa demanda :

— Pourquoi es-tu revenu ici ?

Nikos vit la voiture de sport bleu clair de son grand-père pénétrer dans la propriété.

— Pourquoi ne l'aurais-je pas fait ? L'emplacement est idéal.

— D'accord, mais les souvenirs…

Il se retourna brusquement.

— Ils font partie du passé, or lui permettre de nous retenir nous empêche d'aller de l'avant.

Et pour insister sur ce point, Nikos traversa la pièce, fit signe à Marisa de passer devant lui et referma la porte, laissant le passé à sa place.

Arrivé en haut de l'escalier, il lui posa une main sur l'épaule.

— Mon grand-père est de retour. Je vais lui expliquer pourquoi tu ne l'as pas averti de la naissance de Niki. Veux-tu venir avec moi ?

— Non, je vais plutôt emmener Niki à la piscine.

Niki lui caressa la joue, déposa un tendre baiser sur ses lèvres, puis un autre sur la tête de leur fils.

— D'accord. Je vous rejoindrai après.

Marisa emmena Nicky dans la nurserie. Elle avait la gorge serrée et ne comprenait pas l'importance de son trouble devant le coffre de jouets de Nikos. Si ses souvenirs le laissaient si indifférent, pourquoi les avoir gardés et avoir conservé son ancienne chambre en l'état ? Le mystère que représentait cet homme était décidément insondable.

Dès qu'elle eut allongé Niki sur le lit pour le changer, il se redressa et se mit à sautiller en riant.

— Que ferais-je sans toi, mon petit bonhomme !

Soulevant alors son T-shirt, elle posa la bouche sur son ventre et le couvrit de baisers. Il rit de plus belle.

Une pensée lui traversa l'esprit. Selon Nikos, sa mère n'avait jamais joué avec lui, et n'avait même pas cherché à reprendre sa garde. Il avait donc passé ses années les plus formatrices sans l'affection et l'amour dont elle-même avait bénéficié.

Comme Niki lui passait les bras autour du cou et nichait sa tête dans son cou, elle le berça en lui caressant le dos.

Quelques minutes plus tard, il dormait. La piscine attendrait donc. Elle brancha le babyphone avant de sortir de la nurserie.

Tout en s'éloignant dans le couloir, Marisa songeait à Nikos. Elle lui offrirait l'amour dont il avait manqué. Car, il était inutile de se leurrer davantage, elle l'aimait.

Et il l'aimait, même s'il s'entêtait à ne pas reconnaître ce sentiment. Elle en était certaine.

— Le cartel a fait assassiner son père ?

Nikos finit sa tasse de café avant de répondre à son grand-père. Ils étaient sur la terrasse. Le soleil éclatant contrastait avec la noirceur de leur sujet de conversation.

— Oui, ils ont saboté les freins de sa voiture.

— Pourquoi ne me l'as-tu pas dit plus tôt ? La pauvre a dû vivre un calvaire. Perdre son père alors qu'elle attendait ton enfant et te croyait mort !

Nikos se tut, encore troublé par sa visite dans son ancienne chambre.

— Pour un homme bon au demeurant, soupira Stavros, tu manques réellement d'empathie. Ça m'inquiète.

— Tu n'as pas à t'inquiéter pour moi. Donc, vas-tu cesser de te comporter comme si Marisa n'existait pas ?

— Bien sûr. Je lui présenterai même mes excuses. Où est-elle ?

— À la piscine avec Niki.

Nikos, lui, n'avait plus envie de les y rejoindre. Tant qu'à nager, de vigoureuses brasses en mer lui videraient mieux l'esprit. Fichu coffre ! En voir le contenu avait été l'équivalent d'ouvrir sa boîte de Pandore. Le passé avait surgi des profondeurs où il l'avait enfoui. Et avec lui, des questions et des émotions.

Pourquoi sa mère s'était-elle débarrassée de toutes ses autres affaires pour ne garder que ce meuble ?

Et pourquoi *lui*, l'avait-il conservé ?

Ses parents l'avaient laissé emmener sans rien faire pour s'y opposer. C'était peut-être aussi bien. Cela lui avait donné l'occasion de vivre dans un réel foyer sain chez son grand-père et en compagnie d'autres enfants alors qu'il n'avait jamais joué avec aucun pendant six ans. Son seul ami avait été son éléphant, oublié sur place dans l'agitation du départ.

Son accès de sentimentalisme n'avait aucun sens. Les seules émotions qu'il s'autorisait étaient pour son fils. Dans deux jours, il épouserait Marisa et, quoi qu'il advienne, Niki bénéficierait toujours de son amour et de sa protection.

— Qu'y a-t-il ? demanda Stavros. Tu sembles soucieux.

— Non, je pensais au mariage.

— Bien, je suis heureux que tu aies adopté mon idée. Le mariage vous protégera, toi et ton fils. Mais, accepte ce commentaire d'un homme qui sait, une femme malheureuse te rend la vie misérable.

— Nous ne serons pas mariés assez longtemps pour que je la rende malheureuse.

Le regard que lui lança son grand-père déstabilisa Nikos qui ajouta :

— Une union limitée dans le temps était *ton* idée, je te rappelle.

— Je sais, mais c'était avant de connaître les raisons pour lesquelles elle ne m'avait pas averti de la naissance de ton fils. Maintenant, je vois les choses différemment.

Une vision du beau visage de Marisa en train de lui sourire tendrement s'imposa à l'esprit de Nikos, lui serrant le cœur. Il l'écarta mais la culpabilité l'envahit. Le doute, voilà à quoi menaient les accès de sentimentalisme ! Il ne lui avait pas promis l'éternité, donc lui épargnait un mensonge.

— Peu importe, ma décision est prise. Un an de mariage est le maximum que je puisse endurer.

— Tu changeras peut-être d'avis avec le temps…

— Non. Un an, et je demande le divorce.

Si quelqu'un devait changer d'avis, ce serait Marisa

après avoir vécu suffisamment longtemps avec lui pour voir ce qui avait poussé ses parents à l'abandonner.

Nikos se versa une autre tasse de café qu'il but d'un trait, histoire de chasser son sentiment nauséeux et une multitude d'images de Marisa. Dans chacune d'elles son regard était imprégné de douceur. S'il avait été un homme capable d'inspirer l'amour, il aurait cru le lire en permanence dans ses yeux…

13.

Marisa remonta lentement les escaliers sur la pointe des pieds, une main sur la bouche pour retenir un cri. Une fois en haut, elle se précipita dans la chambre de la nourrice.

— Comment dit-on divorce en grec ?

— C'est *diazýgio.*

Elle avait donc bien compris…

— Merci, Seema.

Niki dormant profondément, Marisa appela Elsa.

— Salut grande sœur ! Comment est Mykonos ?

— Santi est là ?

— Oui… Que se passe-t-il ?

— Peux-tu me le passer, s'il te plaît ? C'est important.

Quelques secondes plus tard, l'homme qu'elle avait toujours considéré comme un frère était au téléphone.

— Que puis-je faire pour toi ?

— Pourrais-tu envoyer un avion me chercher ?

— À Mykonos ?

— Oui.

— Il te le faut pour quand ?

— Le plus tôt possible.

— Je m'en charge. Une question : tu vas bien, Marisa ?

— Non, mais ça ira. Je t'en prie, dépêche-toi.

— J'ai une idée. Discute avec ta sœur pendant que je passe un coup de fil.

Sentant Elsa paniquée, Marisa alla droit au but.

— Le mariage est annulé. Je ne peux pas épouser Nikos.

— Qu'est-il arrivé ?

— Je te raconterai quand je serai rentrée à la maison – la sienne, une remplie de gens qui l'aimaient. Je t'en prie, ne dis rien à maman, elle s'inquiéterait. Je lui expliquerai.

— Là, tu m'effraies.

— Tu n'as pas lieu de l'être. Il n'y a aucun mal physique.

— D'accord... Santi veut te parler.

— Je viens de discuter avec un contact à Santorin. Il t'envoie son jet illico. Il devrait arriver dans une heure. As-tu aussi besoin d'une voiture pour aller à l'aéroport ?

— Oui, s'il te plaît.

— Tiens bon. Je t'appellerai lorsque le chauffeur sera à dix minutes de chez toi. Ça devrait être rapide.

La conversation terminée, Marisa mit son passeport ainsi que celui de Niki dans un sac, puis alla dans la nurserie prendre tout ce dont il aurait besoin pendant le voyage. Son fils dans les bras, elle rejoignit le garage sans avoir rencontré quiconque. Après avoir essayé les différentes télécommandes de voitures, une ouvrit celle contenant le siègebébé. Elle le détacha, y installa Niki toujours profondément endormi puis attendit l'arrivée du chauffeur.

Son espoir d'être à des kilomètres de la villa au moment où Nikos découvrirait sa disparition s'évanouit lorsque Marisa entendit des pas décidés sur le gravier. Dans la seconde suivante, il apparaissait devant le garage.

Nikos remarqua sur-le-champ l'expression embarrassée de Marisa et la manière dont elle s'interposa entre lui et son fils. Le garage étant sous surveillance électronique, il avait été averti de sa présence par une alerte sur son mobile. Elle l'ignorait sans doute, mais cela lui avait permis de suivre ses mouvements.

— Où vas-tu ? demanda-t-il d'un ton glacial.

Marisa se contentait de le regarder, quand son téléphone bourdonna dans son sac à main.

— Tu ne prends pas cet appel ?

Elle sortit l'appareil et, sans cesser de le fixer, lança un « Bonjour » suivi peu après d'un « Parfait, merci. »

Face à son air déterminé, Nikos se campa devant Marisa, bras croisés.

— Peux-tu me dire ce qu'il se passe ?

— Je rentre à la maison.

Nikos se figea, la poitrine oppressée. Marisa le quittait, son ton froid ne laissait aucun doute sur ce point. Il l'avait soupçonné au vu de ses mouvements hâtifs dans le garage. Sa gêne initiale avait laissé place à un calme provocateur quand lui-même était en proie à une intense agitation intérieure. Bien sûr qu'elle partait. Il avait toujours su que ce jour arriverait.

— Quand comptais-tu m'en avertir ?

— J'allais t'envoyer un message.

Un accès de rage fondit sur Nikos, qui s'efforça cependant de ne pas le laisser transparaître dans sa voix.

— Un message ! Tu serais partie sans rien me le dire ?

— Oui.

Elle l'aurait laissé s'inquiéter, imaginer le pire, lancer des recherches !

— Pour quelle raison pars-tu ?

— Je n'ai pas envie d'en parler, j'attends un chauffeur.

— Je vois, ironisa Nikos. Tu as tout organisé.

— Pas moi, Santi. Il m'envoie un avion pour me ramener à Valence. Donc, si tu as l'intention de m'empêcher de partir, c'est à lui que tu auras affaire.

— T'empêcher, *toi*, de partir ? Je n'y songerais même pas, *agapi mou*. Notre fils, en revanche, c'est une affaire différente…

Sans se laisser intimider par la menace qu'il avait volontairement laissée planer, Marisa vint se planter devant.

— J'emmène Niki chez moi, dans sa famille, auprès de ceux qui l'aiment depuis sa conception. N'imagine même pas m'arrêter, car je me battrai bec et ongles pour lui. Mais, tu le sais bien sûr. Ne m'as-tu pas épousée dans le *seul* but de garantir tes droits sur lui ?

Voir Nikos devenir livide attisa la colère de Marisa. Donc son intuition était juste. Son grec ne lui avait pas permis de comprendre chaque échange de la conversation entre lui et son grand-père, mais leur langage corporel l'avait renseignée. Sa demande en mariage était un acte calculé. Le bien-être de Niki était accessoire. Seul lui, comptait, Nikos, un cruel salaud sans conscience.

Comme il ne répondait pas, Marisa poursuivit :

— Je t'ai entendu discuter avec Stavros. Aurais-je oublié de te dire que j'avais appris le grec pendant que tu faisais le mort au fin fond de l'Alaska ? Eh oui, j'ai délibérément oublié ! Vois-tu, je n'étais pas prête à te donner la satisfaction de savoir à quel point mon chagrin était intense. Si intense que j'apprenais ta langue pour te sentir plus près, l'écoutais pour m'endormir le soir. Tu me manquais tellement que je voulais mourir.

Nikos sentit un étau lui broyer la poitrine. Même s'il l'avait voulu, il n'aurait pas pu parler. De toute manière, Marisa poursuivait déjà du même ton détaché :

— Avec le temps, j'aurais surmonté mon chagrin, mais découvrir que j'étais enceinte m'a aidée. Tu as raté chaque moment de ma grossesse, ce dont tu te félicites probablement. Le plus drôle est que ce matin je rêvais d'avoir un autre enfant avec toi, et pensais que cette fois tu pourrais partager cette attente avec moi, pas immédiatement, bien sûr, plutôt d'ici un an. Quelle stupidité de ma part puisque tu avais l'intention de demander le divorce vers cette date.

Marisa recula d'un pas, secouant la tête à la manière d'un professeur déçu de son élève.

— Un an de mariage t'assurait un droit de garde au cas où je m'oppose à toi. Bien vu, *mi amado*. Tu es un véritable maître en fourberie ! Si j'étais une femme sans ressources, tu te serais dispensé de ce subterfuge et aurais utilisé ta fortune pour arriver à tes fins. Tu n'auras pas besoin d'en venir à une telle extrémité. Je n'ai pas l'intention d'engager un bras de fer, à moins que tu ne m'y forces. Je ne t'empêcherai jamais de voir ton fils, mais tu devras me passer sur le corps pour me l'enlever. Maintenant, excuse-moi, j'entends une voiture arriver. Ce doit être mon chauffeur.

Comme Marisa s'apprêtait à aller chercher le siège auto dans lequel Niki dormait toujours, Nikos demanda aussi posément que possible :

— N'auras-tu même pas la courtoisie de m'écouter avant de partir ?

— J'ai entendu tout ce que j'avais besoin de savoir au cours de ta conversation avec ton grand-père.

Nikos lui posa les mains sur les épaules.

— Voilà exactement pourquoi je voulais me marier. Tu te poses en juge et jury, et te crois en droit de décider de tout en ce qui concerne notre enfant. Or je suis son père.

— Et un menteur ! s'emporta Marisa. Tu disais vouloir nous voir former une famille pour donner une stabilité à Niki. Je t'ai cru, j'ai ravalé mon orgueil et agi dans l'intérêt de notre enfant. En fait tu agissais dans ton propre intérêt.

Nikos sentit la colère remonter en lui.

— Nuance, je *protégeais* mes intérêts. Je savais que si tu décidais de m'empêcher de voir notre fils, je devrais engager un bras de fer avec toi. Alors, oui, je t'ai menti car je n'avais pas envie d'être un jour obligé d'attendre en retrait que tu m'accordes une visite. Sans mariage, mon accès à lui aurait été lié à ton bon vouloir. J'aurais dû me plier à tes termes. Tu n'as confiance en personne, en ce qui concerne Niki. Tu as peur de le perdre de vue ne serait-ce qu'une seconde.

— Et pourquoi à ton avis ? fulmina Marisa. Ma vie s'est transformée en enfer après ton soi-disant décès. J'ai cru mourir de chagrin. Mon amour pour lui m'a sauvée. Il était tout ce qu'il me restait de toi. Alors, non, je ne m'excuserai pas d'être surprotectrice envers mon fils, pas après avoir passé ses premiers onze mois terrifiée à l'idée de le perdre comme je vous avais perdus, mon père et toi.

Touché par cet amour maternel, Nikos vit disparaître son humeur belliqueuse. Avoir lâché ce qu'elle avait sur le cœur semblait avoir eu le même effet sur Marisa car il vit des larmes rouler sur ses joues.

— Pourquoi m'avoir trompée de la sorte, Nikos ? sanglota-t-elle. Je ne t'ai jamais empêché de voir Niki. J'ai ravalé mon orgueil et t'ai accueilli chez nous, pour son bien. Malgré cela, tu continues de penser que j'attends la première occasion pour t'éjecter de sa vie. Tu vois en moi – comme en toute autre d'ailleurs – un danger potentiel. Tu me repousses de crainte qu'en devenant trop proche de toi je te rejette un jour comme l'ont fait tes parents. Tu n'es pas responsable de leur décision, ce sont eux les fautifs. Tant que tu ne le comprendras pas, tu blesseras tous ceux qui t'aiment.

Nikos la fixa, trop sidéré pour former une pensée cohérente.

— Tu as été profondément blessé, reprit Marisa, mais ce n'est pas une raison pour me traiter comme tu l'as fait. Tu m'as amadouée pour me forcer à accéder à ta demande, m'as laissée m'attacher à nouveau à toi pour mieux me briser le cœur une seconde fois. N'as-tu donc jamais éprouvé de sentiments pour moi ?

Sa question posée, Marisa recula en se bouchant les oreilles.

— Non, je ne veux pas entendre ta réponse, je ne *peux* pas. Tu m'as suffisamment fait souffrir.

À cet instant une limousine s'arrêta devant le garage. Un chauffeur en sortit. Marisa alla chercher le siège auto qu'elle lui tendit.

— Pourriez-vous l'installer à l'arrière, s'il vous plaît ?

Au moment de monter en voiture, elle se retourna vers Nikos.

— Dès mon arrivée à Valence, je demanderai à mes avocats de rédiger un accord aussi équitable que possible pour nous trois.

Nikos resta planté devant le garage jusqu'à ce que la voiture ait disparu de sa vue. Il alla alors s'asseoir sur les marches du perron, la tête entre les mains, essayant de calmer ses pensées tumultueuses. Un bruit de moteur lui fit battre le cœur, mais il s'agissait seulement de son grand-père qui démarrait son petit bolide. Stavros s'arrêta devant lui, vitre abaissée.

— Tu as l'air songeur, tout va bien ?

— Oui. Où vas-tu ?

— Faire un poker chez Stelios. Je n'ai pas trouvé Marisa pour m'excuser, mais je le ferai demain. Allez, je file. Ne m'attendez pas pour dîner, je mangerai avec mes amis.

Nikos le regarda s'éloigner. Pour un octogénaire, son grand-père avait une remarquable vie sociale. Une flopée de compagnes et une succession de soirées en bonne compagnie. La vie même que lui-même avait eu hâte de reprendre à son retour d'exil. Et qu'il aurait reprise s'il n'avait appris l'existence de son fils.

Non, c'était faux.

Il avait évité toute vie sociale pendant ses quinze premiers jours après sa résurrection, jusqu'au moment où il avait revu Marisa, puis s'était incrusté dans la sienne. Ses seuls moments de plaisir avaient été avec elle, car son existence d'autrefois ne le tentait plus. L'isolement l'avait changé.

Faux, c'était Marisa qui l'avait changé. Et son fils.

Incapable de résister au besoin de la voir, il l'avait suivie, avait découvert avoir un enfant, et…

Et depuis son départ, il se sentait… vide, seul. Soudain une évidence s'imposa à lui. Ce n'était pas à son grand-père de présenter des excuses à Marisa. C'était à lui. Si lors de leur relation, avant son exil, il lui avait parlé de son enfance, elle aurait compris quelle importance Stavros tenait dans sa vie et l'aurait contacté. Mais il ne l'avait pas fait.

Pourtant, Marisa le connaissait mieux que quiconque. Lorsqu'il lui avait dit avoir emménagé dans la villa pour son emplacement, il avait vu à son regard qu'elle ne le croyait pas. Même s'il ne se l'était jamais avoué, sa principale raison avait été de se prouver que son passé n'avait plus prise sur lui. Or avoir gardé le coffre était preuve du contraire. Elle l'avait compris, lui avait offert un sourire empli d'amour.

Oui, d'amour.

Ce qui avait empêché ses parents de l'aimer n'avait pas arrêté Marisa…

Elle avait cru mourir de chagrin après sa disparition…

Comment n'avait-il pas compris plus tôt ?

Parce qu'il n'avait jamais pensé pouvoir inspirer de tels sentiments.

Pendant son long exil, c'était son visage qu'il voyait avant de s'endormir. Comme elle, il écoutait des enregistrements dans sa langue natale pour s'aider à trouver le sommeil.

Bon sang, tout était clair à présent.

Il avait mis en scène sa mort pour protéger Marisa parce que, même à l'époque, la seule idée que quelqu'un puisse la blesser lui était insupportable. Il aurait préféré mourir que de l'exposer à un quelconque danger.

Saisi d'une hâte subite, Nikos sortit son téléphone de sa poche et fit défiler les noms de son répertoire.

— Thodoris ? C'est Nikos Manolas. J'ai besoin de ton aide.

14.

Marisa ne savait plus que faire pour calmer son fils. Niki, qui avait été adorable lors de leur dernier voyage en avion, s'était mis à hurler en apercevant le jet sur la piste d'atterrissage privée et ne s'était pas arrêté. Rien de ce qu'elle avait apporté dans son sac n'avait fait cesser ses pleurs.

Le prenant dans ses bras, Marisa arpenta la cabine. L'hôtesse, à qui elle demanda pourquoi l'avion n'avait pas encore décollé alors qu'ils attendaient depuis vingt minutes ne put – ou ne voulut – la renseigner.

Se rasseyant, elle offrit à nouveau à Niki un peu de lait. Il l'accepta enfin et s'apaisa. Elle en fut presque déçue, car dès l'instant où ses pleurs cessèrent, ses pensées s'évadèrent vers Nikos. Les émotions déferlèrent avec une force inattendue. Les larmes se mirent à couler sur ses joues, incontrôlables.

Faute de pouvoir les essuyer afin de les empêcher de tomber sur la tête de Niki sans le lâcher, Marisa s'appuya contre le hublot. Soudain, elle vit arriver sur le tarmac une des voitures de Nikos.

Il était venu, sautait déjà à terre, et s'élançait vers le jet !

Quelques secondes plus tard, il était devant elle. Niki tendit aussitôt ses petits bras vers son père, qui le prit et l'embrassa.

— Ne me quitte pas, murmura-t-il d'une voix rauque.

Incapable de parler, Marisa le fixa, reconnaissant à peine, dans cet homme échevelé au visage décomposé, le Nikos quitté une heure auparavant. Elle se souvint alors qu'il était un excellent acteur, lui avait joué la comédie de la passion pour mieux la tromper, et lança :

— Rentre chez toi, Nikos. Tu n'as pas à t'inquiéter, je ne t'empêcherai jamais de voir Niki, mes avocats établiront un accord dans ce sens.

— Ma venue n'a rien à voir avec ça, je te fais confiance, mais je t'en supplie, Marisa, ne pars pas.

— Pourquoi ?

— Parce que je ne peux pas vivre sans toi.

— Tu parles, tu n'es qu'un menteur, salaud de surcroît.

Nikos tressaillit sous l'injure, même si elle était méritée.

— Tu as raison. Mon comportement est impardonnable.

Et comme Niki s'agitait dans ses bras, il demanda :

— Puis-je le confier à l'hôtesse ? Je préfère qu'il n'entende pas ce que je vais te dire.

Marisa fit signe à la jeune femme en train de refermer la porte du jet. Celle-ci vint aussitôt le chercher et l'emmena dans les quartiers de l'équipage. Nikos s'assit face à Marisa, très droite dans son siège, le regard impérieux, mais les yeux rougis et des traces de larmes sur ses joues.

— Mon grand-père m'a dit un peu plus tôt que je manquais d'empathie.

— Il n'a pas tort !

— Si, en partie.

Marisa haussant un sourcil dubitatif, Nikos poursuivit :

— J'ai appris très jeune à bloquer mes sentiments.

— Je l'avais compris, et je compatis aux raisons qui t'y ont poussé.

— Je ne cherche pas ta compassion, mais à m'expliquer. Bloquer mes sentiments m'évite de souffrir, mais m'empêche aussi de reconnaître la souffrance chez d'autres. Ou plus exactement me permet de l'ignorer, même chez ceux qui me sont proches.

Il sourit tristement.

— J'ai toujours refusé de m'attacher à quiconque, maintenant les gens à distance. En voici un exemple : Je n'ai pas vu mon grand-père pendant sept ans après être parti en Angleterre, mais j'ai à peine pensé à lui, et l'ai laissé sans nouvelles. Voilà comment j'ai traité l'homme qui m'a sauvé d'une atmosphère toxique, m'a élevé et a supporté mes multiples rébellions.

— Tu t'es rattrapé plus tard.

À la douceur de ce commentaire, Nikos sentit l'étau qui lui broyait la poitrine se desserrer légèrement.

— Puis, je t'ai rencontrée et je me suis senti changer, réagir à ta présence comme à aucune autre auparavant. J'avais toujours besoin de ta compagnie, or cela n'avait rien à voir avec le sexe, même si je m'efforçais de m'en convaincre à l'époque. Je me disais que tes mots d'amour n'étaient que des mots creux. Pourquoi m'aurais-tu aimé si j'étais si peu attachant que mes parents m'avaient laissé partir sans me retenir ? Pourtant, tes gestes et attitudes me touchaient profondément. Quand tu te lovais contre moi, posais ta tête sur mon cœur, je souhaitais ne jamais te laisser partir. J'avais tellement peur de te décevoir, que tu me rejettes d'un jour à l'autre.

L'expression impérieuse de Marisa avait totalement disparu à présent.

— Je pense être tombé amoureux de toi dès les premiers jours. J'ignore si j'en étais inconscient, ou refusais de l'accepter. Lorsque j'ai trouvé ta photo parmi celles du corps mutilé de mon avocat, pour la première fois depuis le jour où j'avais été enlevé à mes parents, j'ai ressenti à nouveau une profonde terreur, en bien pire. C'est ce qui m'a poussé à organiser ma disparition et à te faire protéger. J'avais un besoin viscéral de te savoir en sécurité. En apprenant ce qui était arrivé à ton père, je tremblais pour toi. Pourtant, une fois libre de revenir je ne voulais pas te revoir. Une logique perverse dont la raison inconsciente est simple : mes sentiments pour toi me rendant vulnérable, te quitter m'évitait d'être rejeté.

Deux larmes roulèrent silencieusement sur les joues de Marisa.

— J'ai tenu deux semaines, éloigné de toi, puis me suis posté près de la villa dans l'espoir de t'apercevoir une dernière fois. Après, Niki m'a fourni l'excuse nécessaire pour revenir dans ta vie. Je pouvais accepter mon amour pour lui, car un enfant innocent ne peut pas me blesser. En revanche, toi, Marisa, tu as un pouvoir infini sur moi. T'imaginer avec Raul m'a torturé. Tu avais tourné la page, bien sûr, trouvé mieux que moi…

Le cœur de Marisa battait à tout rompre. Elle aurait tant aimé croire Nikos. Mais sa peur était intense.

— Je ne l'avais pas tournée car ça m'était impossible.

Soudain, il s'agenouilla devant elle, lui prit les mains.

— Je t'aime, *agapi mou*, je ne peux plus le nier ni le combattre. Je t'offre mon cœur et mon âme. Je ne peux plus vivre sans toi. Je t'en prie, donne-moi une nouvelle chance de gagner ton amour et ta confiance. Je ne te trahirai plus jamais, je te le jure.

Marisa entrelaça ses doigts à ceux de Nikos. Son visage exprimait une telle émotion qu'enfin elle le crut et laissa libre cours à ses sentiments.

— J'ai accepté de t'épouser pour le bien de Niki. Puis, tu m'as réveillée à la vie, m'as rappelé que je n'étais pas seulement une mère, mais une femme avec ses propres besoins, et cette femme t'aime. Elle t'a toujours aimé. Alors oui, *mi amado*, je veux nous donner une chance. Allons chercher notre fils et rentrons à la maison.

Nikos enlaça Marisa. Il allait dorénavant passer le reste de ses jours à aimer et à rendre heureuse celle sans qui il n'aurait jamais découvert l'amour.

Épilogue

Nikos recula pour admirer son travail. Il venait de passer le week-end dans sa « tanière », ainsi que Marisa appelait son ancienne chambre, à poncer et peindre le coffre ottoman de son enfance. Niki allait l'adorer, même s'il s'en servirait uniquement comme cachette en jouant avec sa sœur, mais peu importait.

Ce coffre, témoin de tant de drames, allait à présent faire partie d'un foyer rempli d'amour. Le leur, celui dans lequel ses enfants s'épanouissaient.

À cet instant, la porte de sa tanière s'ouvrit. Marisa entra, lui passa un bras autour de la taille et se serra contre lui.

— Tu as fait un excellent travail. Es-tu satisfait ?

Nikos lui embrassa le sommet de la tête.

— Absolument. Merci de ne pas m'avoir laissé le livrer aux flammes.

Il se souvint alors du jour où, quelques mois après leur mariage, il avait allumé un grand feu afin d'y brûler le coffre, voyant là le seul moyen de se libérer totalement de son passé. Elle s'était serrée contre lui et lui avait demandé s'il était vraiment prêt à détruire le seul souvenir palpable de l'amour de sa mère pour lui.

« Malgré tous ses défauts et sa négligence envers toi, elle t'aimait, Nikos, lui avait-elle dit. Si un jour tu en doutes, regarde ce coffre et souviens-toi d'une chose : qu'elle se le soit avoué ou non, ta mère n'a pas pu supporter de tout perdre de toi. Ce coffre représentait ce qu'il restait de toi. À toi maintenant de conserver cette part d'elle. »

Il avait fallu à Nikos quatre ans supplémentaires avant de s'attaquer à sa rénovation. Quatre ans d'amour inconditionnel de la part de la femme pour qui il aurait donné sa vie. Quatre ans de bonheur qui avaient effacé les peines de son enfance jusqu'à n'en laisser qu'une précieuse mélancolie.

Ils restèrent un long moment enlacés, face au meuble de son passé qui désormais ferait partie intégrante de leur vie.

— Maman !

La voix de leur fils les rappela à la réalité tandis qu'il débouchait en courant dans la pièce. Rose, âgée de trois ans, arriva aussitôt derrière son grand frère adoré. Niki lança, essoufflé :

— Tante Elsa et oncle Santi sont arrivés.

Tout excitée, Rose enlaça les genoux de son père en ajoutant :

— Bébé Marco est là, aussi !

Prenant chacun un enfant par la main, Nikos et Marisa descendirent accueillir leurs invités, heureux à la perspective de l'amour et des rires supplémentaires qui allaient remplir leur foyer.

Vous avez aimé *Le fils de Nikos Manolas* ?
Retrouvez en numérique l'histoire d'Elsa,
la sœur de Marisa, dans *La protection de ses bras*
de Michelle Smart.

Retrouvez prochainement,
dans votre collection

AZUR

Neuf mois avec un Apollon,
de Chantelle Shaw - N°4477

Lissa Buchanan n'est pas l'héritière gâtée que la presse à scandale s'évertue à présenter. En réalité, elle est du genre raisonnable. Du moins, elle l'était jusqu'à sa rencontre avec Takis Samaras. Sous le regard ardent de l'Apollon grec, elle perd soudain le contrôle et s'offre dans ses bras une nuit de plaisir. Une nuit qui entraîne son lot de conséquences. Quand Lissa révèle à son amant qu'elle attend un enfant de lui, Takis exige aussitôt qu'elle l'épouse…

Une maîtresse si délicate, de Carol Marinelli - N°4478

Rien n'avait préparé Mary au choc que lui cause sa rencontre avec Costa Leventis. Aussi sûr de lui qu'elle est réservée, l'homme d'affaires grec la séduit d'un seul regard. Parce qu'il la tire d'une situation délicate, il suscite également en elle respect et admiration. Autant d'émotions qui lui sont interdites, Mary le sait. De condition modeste, elle n'a pas sa place dans le monde glamour de Costa. Et penser le contraire serait pure folie… n'est-ce pas ?

Le mariage de Matteo Vitale,
de Melanie Milburne - N°4479

Directrice d'une agence matrimoniale, Emmaline est soucieuse de satisfaire aux desiderata de ses clients. Mais le dernier en date, le milliardaire Matteo Vitale, a une requête des plus inhabituelles : il ne recherche pas l'âme sœur mais plutôt une femme qui lui donnera un héritier. Intriguée, et pour mieux le comprendre, Emmie accepte de séjourner dans la villa italienne de Matteo. Or, à son contact, elle en vient à se demander si elle ne pourrait pas être, pour Matteo, l'épouse idéale…

Le play-boy de Monrosa,
de Katrina Cudmore - N°4480

Invitée à séjourner dans la résidence londonienne des Monrosa en leur absence, Alice ne s'attend pas à voir débarquer le prince Luis en personne ! Alors qu'elle aspirait à la solitude le temps de terminer sa thèse, la voilà contrainte de vivre sous le même toit que ce play-boy trop sûr de lui. Peu à peu, pourtant, Luis révèle une autre facette de sa personnalité, bien plus séduisante et à laquelle Alice ne saurait résister bien longtemps…

Belle comme un joyau, d'Abby Green - N°4481

Héritier d'un empire joaillier, Daniel Devilliers côtoie stars de cinéma, têtes couronnées et chefs d'État. Tous lui mangent dans la main, excepté une femme. Mia Forde, la sublime mannequin avec laquelle il a entretenu une liaison passionnée, a disparu de sa vie du jour au lendemain. Aussi est-il stupéfait de la retrouver à l'occasion de l'inauguration de sa luxueuse boutique de la place Vendôme. Parée de bijoux, plus belle que jamais, celle qui hante ses nuits depuis deux ans lui révèle qu'ils ont eu ensemble une petite fille…

La nuit de noces d'une princesse, de Jackie Ashenden - N°4482

« L'épouse oubliée » : tel est le surnom que la presse lui a donné. Et pour cause : bien qu'Inara soit mariée au prince Cassius depuis cinq ans, celui-ci vit loin d'elle et ne lui rend visite qu'en de rares occasions. Jamais ils n'ont consommé leur union de papier, au grand désarroi d'Inara qui se languit de Cassius en secret. Or voilà qu'aujourd'hui il se présente à elle pour lui demander le divorce ! Bouleversée, Inara décide alors de prouver à Cassius qu'elle est la femme de sa vie – et sa reine…

Passion en Croatie, de Jessica Gilmore - N°4483

Depuis toujours, Lily suit un plan bien établi. De brillantes études l'ont conduite à devenir une avocate talentueuse ; elle collectionne les succès. Seulement, le jour où elle est confrontée à un drame, elle réalise qu'elle a oublié de vivre ! Et c'est sur une splendide île de Croatie qu'elle décide de s'accorder un répit… Dès son arrivée, elle est conquise par le décor à couper le souffle : le bleu de la mer, l'écume des vagues, la chaleur du sable sous ses pieds sont comme un baume sur son cœur meurtri. Quant à Damir, le mystérieux Croate qu'elle vient de rencontrer, il lui donne l'envie d'aimer. Mais peut-elle se l'autoriser alors qu'elle sera repartie à la fin de l'été ?

La garde et le duc, de Marcella Bell - N°4484

SÉRIE : *GARDE ROYALE* - 3/3

Membre de la garde royale de Cyrano, Jenna ne vit que pour protéger sa reine et servir son pays. Or, pour la première fois de son existence, elle est détournée de son devoir par un homme. Sebastian, duc de Redcliff, l'attire tant et si bien qu'elle succombe à la passion entre ses bras. Mais très vite Jenna comprend qu'elle a commis une erreur en cédant à la tentation. Non seulement elle est persuadée que Sebastian n'est pas celui qu'il prétend être, mais surtout elle attend désormais un enfant de lui…

Conquise par l'ennemi, de Heidi Rice - N°4485

SÉRIE : *NUITS D'ÉTÉ* - 1/2

Jamais Cassie n'aurait dû accepter la mission que lui a confiée son patron : assister à un mariage fastueux pour approcher Luke Broussard et percer ses secrets. Elle n'a rien d'une espionne industrielle et craint en effet d'être démasquée. Dès leur rencontre, le magnat de la technologie se révèle aussi mystérieux qu'arrogant. Surtout, il est irrésistible et fait perdre tous ses moyens à Cassie. Au point qu'elle accepte de l'accompagner sur son île privée et bientôt, de devenir sa maîtresse…

L'épouse de papier, de Kim Lawrence - N°4486

Maya est stupéfaite. Sa demi-sœur, qu'elle n'a encore jamais rencontrée, vient de lui abandonner son bébé, l'adorable Mattio. Pour comble, un certain Samuele se présente bientôt comme l'oncle de l'enfant – et exige de le reprendre sous peine de poursuites. Très attachée au petit, Maya se tient prête à affronter Samuele quand celui-ci lui suggère de résoudre leur différend… en l'épousant !

Troublante surprise, d'Annie West - N°4487

Elle est… enceinte ? Partagée entre incrédulité et angoisse, Imogen ne sait comment réagir lorsqu'elle apprend cette surprenante nouvelle. La nuit de passion qu'elle a vécue quelques semaines plus tôt entre les bras de l'irrésistible Thierry Girard était censée rester sans suite ! Pourtant, cet enfant qui grandit en elle, elle l'aime déjà de tout son cœur. Hors de question de le priver de la vie heureuse qu'il mérite ! Résolue à aller trouver Thierry pour lui annoncer sa future paternité, elle ne peut s'empêcher de redouter la réaction de cet incorrigible séducteur, qui a toujours affirmé que jamais il ne s'engagerait avec une femme…